LE PASSÉ INTÉRIEUR

Henri Lamoureux

LE PASSÉ INTÉRIEUR

roman

ÉDITION DU CLUB QUÉBEC LOISIRS INC.
© Avec l'autorisation de VLB Éditeur
© VLB Éditeur et Henri Lamoureux, 1998
Dépôt légal — Bibliothèque nationale du Québec, 1998
ISBN 2-89430-350-5
(publié précédemment sous ISBN 2-89005-675-9)

Imprimé au Canada

À Nicole, avec qui tout continue d'arriver, et...
aux baby-boomers qui ont soudainement
eu peur que tout puisse arriver.

I

Le mythe de l'éternel retour affirme, par la négation, que la vie qui disparaît une fois pour toutes, qui ne revient pas, est semblable à une ombre, est sans poids, est morte d'avance, et fût-elle atroce, belle, splendide, cette atrocité, cette beauté, cette splendeur ne signifient rien.

Françoise replace *L'Insoutenable Légèreté de l'être* sur le rayon. Ce roman de Kundera ne convient pas à l'humeur de la journaliste-vedette de Mondiacom. Elle consulte machinalement sa montre et décide qu'elle peut flâner encore un peu. «Jo est toujours en retard, de toute façon», se dit-elle pour justifier son envie de ne pas se presser et de s'abandonner au bonheur des livres.

L'atmosphère des librairies, de celle-ci en particulier, lui plaît. Les alcôves qu'on y a aménagées recèlent des trésors infinis; une corne d'abondance débordant des fruits de l'imagination humaine. Françoise Mercier y vient régulièrement, note mentalement les nouvelles parutions et achète trois ou quatre livres. Si elle se délecte d'un bon roman ou d'une biographie, Françoise conserve de ses passions d'adolescente un appétit boulimique pour la science-fiction, préférence littéraire partagée par son fils Jacques, faute de l'être par sa fille Julie qui ne lit pas, ou si peu.

S'attache-t-elle à un écrivain qu'elle dévore l'ensemble de son œuvre. «J'aime les auteurs qui s'adressent à l'intelligence et à la sensibilité des lecteurs, j'apprécie les créatifs, ceux qui nous font voyager. Je lis aussi avec plaisir les écrivains témoins de leur temps», répond-elle lorsqu'on lui demande ses préférences littéraires. «J'aime l'odeur et la texture du papier. Les livres nourrissent mes rêves. Ils me font découvrir des horizons nouveaux, stimulent mon imagination et me procurent les plus vives émotions. Ils me font franchir le miroir de la réalité et, grâce à eux, je me retrouve souvent au pays des merveilles, dans cet univers où l'impossible côtoie le quotidien et où l'improbable devient virtuel par la musique des mots et la magie de l'imaginaire.»

Françoise fréquente les librairies comme d'autres vont au temple. Elle y rencontre des fidèles avec qui elle échange parfois quelques commentaires sur un ouvrage ou un autre. Il lui est même arrivé de poursuivre ces conversations au café. Ainsi, elle a passé un après-midi à débattre de l'œuvre de Pennac avec d'autres *aficionados*. Miron-le-poète lui a déjà fait rater un rendez-vous chez le dentiste, mais a si bien su la séduire par sa verve et son humour qu'elle en a oublié son mal de dents. Les librairies sont un havre où elle se réfugie par gros temps. Elle y trouve d'habitude une espèce de paix, une certaine sérénité, ce qui n'est pas le cas aujourd'hui tant sa fille provoque chez elle inquiétude et colère.

Deux amies de Julie bouquinent dans la section des bandes dessinées. Les jeunes femmes lui adressent un sourire un peu timide et s'esquivent vers une autre section. «Ça fait longtemps qu'elles ne sont pas venues à la maison, ces deux-là», note Françoise.

Un collègue de la presse écrite, qui répond au surnom de Bande-à-sec, feuillette un album de dessins érotiques. Françoise passe derrière lui et tousse pour attirer son attention. «Oh, la belle érection! L'instruction, ça vaut pas le cul, hein Fernand?» Le collègue rougit jusqu'à la racine des cheveux et replace l'album sur la tablette en haussant les épaules. Françoise lui adresse un sourire ironique et se dirige vers la section science-fiction. Le dernier Scott Card est arrivé. Elle en prend un exemplaire et se promet de le cacher pour ne pas que son fils s'en empare avant qu'elle l'ait lu.

Elle flâne ici et là, essayant d'oublier un moment l'exaspération que le comportement provocateur et désinvolte de sa fille suscite en elle.

Tiraillée entre la répression et le laisser-faire, elle est inquiète et incertaine quant à la meilleure attitude à adopter pour contrer une fois pour toutes les frasques de Julie. Que lui a dit cette psychologue la seule fois qu'elle l'a consultée, trois mois plus tôt? «À l'adolescence, c'est plus d'un accompagnement que d'un encadrement qu'on a besoin.» Foutaise! La difficulté de sa relation avec Julie s'alimente à une autre source, et elle n'a pas le goût ni l'intention d'en discuter avec une étrangère qu'elle ne connaît, comme dit Jo, «ni des lèvres ni des dents».

Elle n'a pas revu la psychologue. Et Julie continue de la défier. Ce ne sont plus des fugues d'une nuit, suivies d'un retour au bercail pour en constater les effets, ni des contestations ponctuelles de l'autorité maternelle, ni, non plus, cette guérilla sourde qui marque plus ou moins les rapports normaux entre les parents et les enfants quand le printemps des uns s'oppose à l'automne des autres; c'est une guerre à finir menée au nom d'un fantôme qui les hante toutes les deux et gruge une part importante de leur humanité.

Si elles se ressemblent par plusieurs traits de caractère, Françoise et sa fille possèdent des personnalités différentes. L'adolescente est plutôt introvertie, repliée sur elle-même, secrète; la mère s'épanouit sous le feu des réflecteurs. Si Françoise peut être horriblement arrogante à l'égard des individus qu'elle qualifie de «crétins congénitaux» ou de «fieffés imbéciles», elle sait généralement se montrer très sociable et sa maîtrise naturelle de l'art de séduire lui vaut une part non négligeable de ses succès professionnels.

Généreuse, elle conserve une certaine capacité de révolte devant l'injustice que tempèrent cependant ses ambitions professionnelles. «Je préfère être égoïste, comme tu le prétends, que d'avoir la révolte calculée!» lui a lancé Julie quelques mois plus tôt lors d'une de leurs impossibles tentatives de dialogue. Sa fille pratique aussi bien qu'elle l'art de décocher les flèches qui portent.

Jo l'attend à l'entrée, dans la section réservée aux nouveautés. L'amie de Françoise discute avec une féministe avec qui elle a milité dans les années soixante-dix. Françoise se dirige vers la caisse. La jeune caissière reconnaît la journaliste et lui adresse un sourire.

«J'ai bien aimé votre reportage sur les conjointes de politiciens, madame Mercier. À vous décourager d'en marier un.

— Merci! répond Françoise, ça fait toujours plaisir de voir que son travail est apprécié.»

Elle lui retourne son sourire et note que c'est une nouvelle employée.

«Vous êtes étudiante?

— En lettres.

— À l'Université de Montréal?

— À l'UQAM.

— Je vous souhaite bien du succès dans vos études.»

Bande-à-sec attend son tour et fait mine de ne pas reconnaître sa collègue.

— Attention au type qui me suit, ajoute-t-elle sur un ton de conspiratrice, c'est un pornocrate.»

Puis, elle se tourne vers le journaliste:

«Bonne journée, Fernand!

— Toujours aussi *bitch*, la Mercier», fait l'homme, visiblement écœuré.

Elle lui souffle un baiser moqueur et rejoint Jo qui semble être en grande conversation avec sa camarade des années dogmatiques.

«On s'échange des recettes, les filles?...

— On complote le renversement du régime, ironise Jo qui ne l'a pas vue venir. Tu connais Clémence?

— Qui ne la connaît pas? Faudrait que tu m'accordes une entrevue un de ces jours, Clémence. J'admire ton engagement dans la lutte contre la pauvreté des femmes. J'aimerais faire une émission sur le sujet.

— Quand tu voudras. Je me sauve, mon fils m'attend dans la voiture. Portez-vous bien, les filles.

— Il y a quelque chose d'irlandais chez cette nana, note Jo. Je m'attends toujours à ce qu'elle me dise "que Dieu te bénisse", avant d'aller faire sauter un juge macho au nom de la cause des femmes.

— Je l'aime bien, commente Françoise. Elle est restée fidèle à elle-même...»

Il fait horriblement chaud, fin août, sur le Plateau Mont-Royal. Françoise Mercier se plaît à y musarder en cette période de l'année où règne la fébrilité de la rentrée et où les étalages affichent les couleurs de l'automne. Elle se sent chez elle dans ce quartier francophone et populaire que traverse la rue Saint-Denis qui scarifie Montréal de part en part, telle une flèche transperçant un cœur de ville tatoué dans la chair de l'île.

La rue Saint-Denis lui rappelle son enfance, rue Messier, plus à l'est, à la hauteur du parc La Fontaine. Mais c'est surtout le cadre de ses premières grandes évasions, au milieu des années soixante, dans ce bout du monde de son adolescence. Elle venait étrenner sa liberté au carré Saint-Louis, offrant sa puberté à la convoitise des «vieux messieurs» qui lorgnaient les filles, coquines dans leurs minijupes, assis sur les bancs verts autour de la fontaine. Elle fréquentait alors l'école Marie-Anne et ne rêvait à rien d'autre qu'à de vastes horizons, à ces endroits magiques qui s'étaient révélés à elle durant «l'année de l'Expo». Malgré tout l'attachement qu'elle éprouvait pour son vieux quartier, pour sa rue, pour ce qui avait marqué son enfance, elle avait voulu s'en détacher, aller voir ce qui se cachait de l'autre côté de ce monde où elle se sentait à l'étroit.

Elle a seize ans quand son père, boucher dans un supermarché, meurt d'une septicémie consécutive à une mauvaise coupure. Deux ans plus tard, sa mère se remarie avec un plombier entrepreneur qui a fait fortune sous le règne de l'Union nationale. Elle habite maintenant une luxueuse maison à Laval-sur-le-Lac. Françoise garde un contact épisodique avec elle, l'invitant parfois au restaurant ou lui payant une visite quand elle sait que son mari est absent. Elle méprise ce parvenu vulgaire et préfère ne pas le rencontrer sachant qu'il nourrit sensiblement les mêmes sentiments à son égard, la qualifiant de «snob de Radio-Canada» et de «vache séparatiste». Quant à son frère aîné, commis-comptable dans une imprimerie, Françoise ne le voit qu'au jour de l'An et à l'anniversaire de naissance de leur mère. Elle ressent certes de l'affection pour lui, mais le trouve effroyablement ennuyant, encroûté dans sa routine, attendant le jour béni d'une retraite où il se mettra enfin à vivre.

Elle a connu son premier véritable amour à dix-sept ans, au carré Saint-Louis. Irlandais par sa mère, Liam a vingt ans, est *pusher* à la petite semaine et ressemble un peu à John Lennon. La clientèle de Liam compte beaucoup d'intellectuels qui habitent le Village. Il fournit aussi quelques journalistes, des professeurs et deux politiciens. «Rien que du beau monde», dit-il en rigolant. Liam est inscrit en droit à McGill, mais n'assiste qu'à un cours sur trois. Il préfère la compagnie d'une bande de musiciens et fréquente des écrivains joualisants qui publient chez Parti pris. À l'occasion, il entraîne Françoise dans les cabarets minables du boulevard Saint-Laurent que fréquentent aussi de jeunes acteurs naviguant dans le sillage du couple Brassard-Tremblay et des petites-bourgeoises qui viennent s'encanailler en s'imaginant qu'elles s'émancipent.

Liam l'a emmenée à New York où il connaît des militants des Weathermen et des Black Panthers. Sa première vraie fugue. Sa première découverte de l'univers. Elle a été séduite par la métropole américaine, par l'anarchie de ses habitants; jusqu'à ce qu'elle découvre un peu plus tard que la Grosse Pomme est une vieille pute qui vieillit mal. Une vieille pute trop baisée dont le ventre abrite tous les virus, tous les microbes, toutes les saloperies que la nature s'évertue à féconder à un rythme ahurissant.

Ils sont revenus en catastrophe après avoir appris que leurs hôtes avaient fait sauter un centre de recrutement de l'armée. La semaine suivante, les Américains se retrouvaient sous les verrous et eux-mêmes avaient été interrogés par des agents des services de renseignements.

Françoise a quitté le domicile familial et suivi Liam pendant un an, jusqu'à ce qu'il se fasse épingler et condamner à trois mois de prison pour trafic de drogue. Il n'en a fait qu'un et est parti pour l'Europe sans même la revoir. À son retour, il s'est réinscrit en droit à McGill et a adhéré au Parti libéral fédéral. Marié avec la fille, plutôt laide, du principal associé d'un des plus importants cabinets d'avocats au Canada, il a d'abord jonglé avec l'idée de se lancer en politique avant d'accepter une nomination à la cour supérieure. À quelques reprises, leurs chemins se sont croisés, mais il a fait mine de ne pas la reconnaître, se refusant sans doute au souvenir d'une époque qui cadre mal avec sa nouvelle respectabilité. Françoise garde en mémoire l'odeur d'herbe qui lui collait à la peau, le goût un peu acide de ses baisers, la douceur de ses mains. On n'oublie jamais son premier amour.

Du moins, c'est ce qu'elle croyait jusqu'à ce qu'elle rencontre un autre type, et puis d'autres encore auxquels elle ne s'attachait pas, ou pour si peu de temps. Puis ce fut sa période politique et ses amours furent subordonnés à des rectitudes qui devaient s'avérer amères.

Elle avait vingt-quatre ans quand Luc Genois est entré dans sa vie, pour ne plus jamais vraiment en sortir.

«Encore une heure de liberté», pense Françoise pour chasser au plus vite le souvenir de cet échec, cette blessure qui ne se refermera jamais tout à fait et que sa fille se plaît à raviver, comme si elle s'amusait à ce jeu cruel dont elles sortent chaque fois toutes les deux plus meurtries, plus étrangères l'une à l'autre.

«Trop chaud pour bosser! décrète Jo. C'est un temps à faire germer les rêves.

— J'ai bien peur que l'Affreux ne soit pas de ton avis, laisse tomber Françoise, utilisant une des épithètes dont elles aiment qualifier leur patron.

— Alors, hâtons-nous lentement ma fille», conclut Jo en entraînant Françoise au dehors.

Les gens se retournent sur le passage de la journaliste. Plusieurs la saluent discrètement, d'un hochement de tête ou d'un franc «Bonjour, madame Mercier!»

«J'aime bien profiter de ta gloire, grande cheffe, c'est bon pour mon ego et ça attire sur moi le regard des vicieux qui n'en ont que pour ton cul. Tu les appâtes, je les saute. Ça te convient, partenaire?»

Françoise hausse les épaules. Jo prend un malin plaisir à la taquiner. Son rationalisme un peu roublard l'amuse.

La journaliste ne se lasse pas des marques d'estime de ceux qui apprécient son travail, sachant très bien qu'elles compensent la détestation des autres et contribuent à lui faire prendre conscience de l'importance du métier qu'elle exerce. Fait-elle un reportage où il est question de problèmes sociaux qu'elle se révèle généreuse, empathique, combative. C'est sans doute ce qui lui vaut la faveur populaire. Elle se montre en revanche sadiquement impitoyable pour la plupart des politiciens et des technocrates dont elle déteste la langue de bois et les faux-fuyants. La reconnaissance du public lui fait plaisir, la rassure, comme d'ailleurs la crainte qu'elle inspire aux notables. Mais au-delà de cette satisfaction, l'estime du public suscite chez elle un vif désir de faire encore mieux, d'aller plus loin dans l'exercice de son art.

«Nous exerçons un métier exigeant, surtout en cette période d'idées molles et de prêt-à-penser», dit-elle quand on lui demande de parler de son travail. Elle ressent profondément sa responsabilité à l'égard de ce public qu'on abreuve de mensonges et qu'on nourrit d'inepties. Elle se veut libre, alors que trop de ses collègues ne le sont pas. Ils sont, pense-t-elle, la propriété de leur maître et jamais ils ne sacrifieront l'os que celui-ci leur donne à ronger.

Elle est ainsi faite qu'on peut tout aussi bien l'aimer que la détester. Et souvent pour les mêmes motifs. «Je m'en fous complètement!» se plaît-elle à rétorquer quand on lui fait remarquer qu'elle pourrait peut-être mettre un bémol de temps en temps. Mais ceux qui la connaissent savent qu'elle n'est pas si indifférente qu'elle le prétend et qu'elle souffre plus qu'elle ne veut bien l'admettre de certains effets d'une réputation que, paradoxalement, elle prend tant de soin à entretenir.

«Nous devons retourner à la galère, fait observer Jo en consultant sa montre.

— Ça ne te tente pas de "skipper" le cours? demande Françoise qui emprunte parfois au vocabulaire de son fils.

— Faudrait pas trop insister, répond Jo. Si nous n'aimions pas tant l'Affreux, comme tout serait plus facile!»

D'un pas lent, Françoise et Jo se dirigent vers la rue Cherrier où Mondiacom a ses studios. Elles font un peu de lèche-vitrines, entrent dans trois boutiques et, après discussion, se mettent d'accord pour acheter un foulard en soie sauvage, cadeau pour une collègue qui prend sa retraite.

Coin Duluth, une femme d'un âge indéterminable sollicite leur générosité, sans un mot, juste en tendant la main et en vrillant ses yeux dans ceux de Jo. La clocharde tire un chariot qui contient sans doute tout son univers. Elle est enveloppée dans au moins trois couches de vêtements. Ainsi attifée, la femme ressemble à une de ces Moscovites qui vendent leurs derniers souvenirs de famille, rue des Charpentiers dans l'Arbat. Françoise a acheté une fausse icône à l'une de ces femmes lors d'un court séjour dans cette ville, deux ans plus tôt.

«T'aurais pas un peu de monnaie?» lui demande Jo en fixant sur elle un regard interrogateur. La journaliste tend un billet de cinq dollars qui disparaît aussitôt dans un petit sac en velours brodé que la mendiante porte en bandoulière. La clocharde fourrage dans son trésor et lui offre une médaille de la Vierge noire. Françoise accepte l'échange et s'éloigne aussitôt. Des skins font la manche un peu plus loin. Les deux femmes feignent de ne pas les voir. «Osti de lesbiennes sales!» vocifère un des loubards qui arbore ses croix gammées avec la fierté fasciste des amputés de la conscience. «Face de placenta!» rétorque Jo tandis que Françoise l'entraîne plus loin.

«Qu'est-ce qu'ils s'imaginent, ces nazillons? Qu'on va se laisser insulter sans rien dire parce qu'on est des bonnes femmes?

— Laisse tomber, Jo! Ce sont de pauvres types qui ont de la difficulté à s'affranchir de l'enfance. Vaut mieux les ignorer.

— T'as trop lu madame Freud, toi. Moi, je suis pour frapper d'abord et fraterniser ensuite.»

Le carré Saint-Louis est envahi par un essaim de Français en vacances: des retraités sans doute. La bohème locale observe ces visiteurs venus d'ailleurs avec amusement. Les Français s'agglutinent frileusement autour du guide de l'Autre Montréal, sans doute un peu effrayés par ces clodos qui boivent sec à même des bouteilles hypocritement cachées dans des sacs de papier. Quelques jeunes prostitués des deux sexes et des collégiennes venues s'encanailler, comme Françoise l'avait elle-même fait vingt-cinq ans plus tôt, occupent les bancs verts ou forment des bivouacs sur le gazon. Un peu partout, des groupes de paumés écoutent de la musique en fumant un joint. Deux junkies s'injectent leur dose de poison sans même se soucier du regard scandalisé des passants.

«La semaine dernière, la police en a sorti un de la fontaine, commente Jo. Selon mon voisin, qui travaille pour Urgences-Santé, le type s'était injecté une overdose de merde birmane avant d'essayer de battre le record mondial de plongée en apnée.

— Ça m'écœure. Allons-nous-en», commande Françoise en prenant le coude de Jo.

Le guide de l'Autre Montréal entraîne la meute de Français jacassants en direction de la rue Laval. «Il leur explique sans doute que Tremblay habite dans un ancien hôpital», ne peut s'empêcher de remarquer Jo en constatant que la petite troupe s'est arrêtée devant l'immeuble où l'écrivain loge quand il n'est pas à Key West.

Françoise ne commente pas, mais souhaite que le guide signale également la maison qui a connu les amours de Godin, le poète-député, et de Pauline, la chanteuse-militante au cœur trop grand, que de vertueux démocrates de salon ont fait emprisonner en 1970 en même temps que cinq cents autres Québécois coupables du crime de liberté. Sans doute passera-t-il aussi devant la Maison des écrivains en expliquant que Jutras y a habité avant de se rendre avec son groupe plus haut, rue Laval, où il croisera, chemin faisant, les fantômes fous de Nelligan, de Gauvreau et de tant d'autres artistes qui ont sculpté, chacun à sa manière, une part de l'âme québécoise.

«Quand je suis allée à Paris pour la première fois, avec l'Office franco-québécois, je me suis précipitée sur la rive droite, pour voir où avait habité Victor Hugo. Puis, j'ai fait le pèlerinage dans les cafés que fréquentaient Sartre, Beauvoir, Camus et les autres, rive gauche. Je sais bien que ce n'est pas très original et que tous les touristes font le même circuit, mais je ressentais beaucoup d'émotion à suivre la piste de ces intellectuels qui m'avaient tant influencée, ajoute-t-elle comme pour faire écho aux pensées de Françoise.

— Chaque ville possède son peuple de fantômes. J'ai fait la même promenade. J'ai aussi arpenté Baker Street à Londres dans l'espoir insensé d'y sentir la présence de Sherlock Holmes et de l'épouvantable

Moriarty. J'ai même été me recueillir sur la tombe de Karl Marx.»

«Et, faillit-elle ajouter, je reprends de temps à autre des parcours que nous empruntions, Luc et moi, quand l'envie nous prenait de marcher dans la ville.»

Françoise frissonne malgré la chaleur. Luc Genois s'est noyé dans le rapide de Lachine douze ans plus tôt. Il est parti sans laisser d'autres traces que quelques effets personnels au pied d'un arbre: une veste de cuir, un sac en toile contenant son porte-monnaie, quelques dollars, sa carte de l'assurance sociale, une boîte de cigares remplie de fusains et de pastels, un canif de l'armée suisse, un flacon d'amphétamines et une bouteille vide de vodka finlandaise. Les policiers ont avancé la thèse du suicide. Elle a privilégié sans conviction celle de l'accident. On n'a jamais retrouvé son corps qui fut sans doute emporté par le puissant rapide.

Elle s'efforce de chasser ce fantôme, sachant bien qu'il reviendra la hanter demain, après-demain, et encore le jour d'après, jusqu'à ce qu'il s'évanouisse de lui-même quand il découvrira le bonheur de l'oubli.

Les locaux de Mondiacom occupent un immeuble de quatre étages, un ancien hôtel particulier qui a appartenu à un riche avocat d'affaires. L'édifice, en pierre taillée, de style art déco, dont les plans ont été dessinés par Cormier, est classé «d'intérêt architectural». Elle aime y travailler, beaucoup plus qu'à Radio-Canada où elle a fait ses premières armes comme recherchiste pour une émission d'affaires publiques.

Le réceptionniste lui tend quelques messages, et Françoise se dirige vers un petit salon attenant à la salle de bains du rez-de-chaussée.

L'image que lui renvoie le miroir ne lui plaît pas, mais elle ne fait pas grand-chose pour l'améliorer. «Ce miroir-là est presque devenu un ennemi personnel», pense-t-elle en haussant les épaules. «Ils me prendront comme je suis», ajoute-t-elle à voix haute tout en faisant un bras d'honneur à son double.

Les membres de l'équipe de production sont déjà au travail, visionnant les kilomètres de bandes vidéo qui ont été réalisées au cours des dernières semaines. Françoise leur fait confiance. Comme d'habitude, ils lui mâcheront la matière, ne lui laissant à digérer que l'essentiel. Rendre cette information vivante, la communiquer aux téléspectateurs non seulement avec objectivité, mais aussi avec émotion, tel est son boulot. Son art, c'est de pénétrer le cœur des gens tout en sollicitant leur intelligence. Elle cherche à atteindre ce point d'équilibre où l'individu doit reconnaître dans l'humanité de l'autre ce qui constitue l'essence de la sienne. Et elle sait quand cette magie opère. À ce moment, sa vie prend tout son sens. Elle en est alors presque heureuse.

Elle salue tout le monde d'un geste de la main et se dirige vers le fauteuil ergonomique qu'on lui a offert début avril, pour son quarante-deuxième anniversaire. Elle caresse, comme elle le fait toujours, le crâne lisse de Roger, le réalisateur.

«Salut les mecs! Bonjour les filles! lance-t-elle, l'air enjoué.

— Trop de bonne humeur. Mauvais signe, grommelle le réalisateur sans lever les yeux de ses notes.

— Et alors? fait-elle en indiquant du menton le moniteur où s'active une technicienne.

— Du bonbon. Du vrai nananne, répond Jo. On en a «spotté» cinq ou six qui devraient faire l'affaire. Tu veux les voir?

— Tout à l'heure. Je ne veux pas sombrer dans le misérabilisme. Et puis, cessez donc de parler de ces personnes comme si elles n'étaient que des bibites exotiques. L'Insectarium, on l'a déjà fait.

— Pas si de bonne humeur que ça!» dit Roger en remontant ses binocles de l'index.

Roger et Jo constituent une partie de sa famille. Son deuxième cercle, le premier regroupant ses deux enfants, elle-même et un souvenir. Elle travaille avec eux depuis quinze ans maintenant. Ils ont connu Luc et sont le pivot d'une bande d'inséparables qui se sont rencontrés sur les bancs de l'université. Ils ont traversé ensemble des années de soufre et de miel.

Roger a été emprisonné pendant trente et un jours en 1970 pour association avec le FLQ. On le soupçonnait d'être le rédacteur de communiqués subversifs et un dangereux agent au service d'une puissance étrangère. Quinquagénaire un peu grognon et légèrement misanthrope, on le reconnaît volontiers comme un des meilleurs dans son métier. Il a travaillé à Télé-Québec et à Radio-Canada avant de fonder, avec deux autres partenaires, sa propre maison de production. Françoise le considère comme un frère aîné et en fait ce qu'elle veut. Ils ont couché ensemble une seule fois, quand il est sorti de prison. Françoise lui a fait l'amour tout doucement, sachant que sa révolte était tellement grande qu'elle risquait de l'étouffer. Elle avait voulu le ramener à la beauté du monde.

De deux ans sa cadette, Jo a milité au Parti communiste ouvrier vers la fin des années soixante-dix. Un don de soi absolu, total, inconditionnel. Elle se serait prostituée si on le lui avait demandé. Peut-être même l'avait-on fait. Elle aurait volé et, sans doute, assassiné tous les ennemis du peuple qu'on aurait désignés à sa vindicte.

Jo distribuait *La Forge* à quatorze ans et faisait le coup de poing avec les ennemis du prolétariat, particulièrement les trotskistes qui représentaient alors à ses yeux l'incarnation du mal absolu.

Françoise, qui militait dans un groupe rival, s'était fait fendre la lèvre par cette furie rouge qui magnifiait ses origines ouvrières et bouffait les petits-bourgeois avec l'appétit de ceux qui savent d'instinct ce qu'ils peuvent avoir de parfaitement haïssable.

Puis, le monde avait un peu basculé. Jo avait découvert que rien n'était simple et que, si sa cause était juste, sa méthode, elle, ne l'était pas. Pol Pot avait cessé d'être cet aimable Robin-des-bois qui la faisait mouiller. Elle aurait pu se recycler dans l'économie sociale ou devenir attachée de presse d'un ministre. L'envers des choses lui devenant connu, elle s'était réfugiée à Lisbonne où le hasard lui avait fait retrouver celle qu'elle qualifiait de «vipère lubrique» et de «chienne couchante du capitalisme». Alors, avec infiniment de prudence, sans trahir ce qu'elle avait défendu, elle s'était liée d'amitié avec Françoise et avait compris finalement qu'elle était taillée dans la même étoffe que la journaliste.

«J'ai rencontré Bande-à-sec à la librairie. Pas de quoi me mettre de bonne humeur.

— Hou, la méchante! fait Jo.

— Il raconte à tout le monde que je fais de la culotte de cheval...

— C'est pas vrai?... persifle l'amie de Françoise, l'œil en coin, un demi-sourire sardonique aux lèvres.

— Bon, suffit les filles!» conclut le réalisateur qui sait très bien que cela peut dégénérer en une joute absurde pour finir dans l'hilarité générale.

Sur un signe de Jo, la technicienne met la vidéo en marche. L'équipe technique a capté la vie quotidienne des clochards au cours des derniers mois. Une bonne partie de ce matériel a été filmé à la dérobée, depuis une camionnette équipée d'une glace d'observation. Certains extraits présentent le point de vue de travailleurs sociaux, de policiers, de fonctionnaires. L'ensemble forme un dossier audiovisuel complet, à partir duquel on produira une émission d'une heure que Radio-Canada, TV5 et PBS ont déjà achetée.

Plusieurs scènes sont particulièrement pénibles; on y voit des êtres que la vie a complètement détruits, des individus déracinés qui errent dans la ville comme des spectres invisibles aux yeux des passants. Des rejets d'humanité quêtent pitoyablement leur pitance ou ne font rien d'autre que de fixer leur regard au-devant d'eux, comme s'ils cherchaient à voir si, de l'autre côté de leur misère, il existe un monde différent. D'autres se réfugient en dedans d'eux-mêmes, là où se déploient des univers parallèles qui n'appartiennent qu'à ceux qui y habitent. Certains dorment sur un banc public, d'autres sont couchés dans l'herbe des parcs ou tout simplement étendus sur le ciment des trottoirs. Les lits d'herbe amoindrissent la misère des uns alors que le béton boit l'humanité des autres, n'en laissant que des formes obscènes que les promeneurs ignorent, comme si elles étaient étrangères à leur monde.

La technicienne du son a greffé une chanson de Ferré sur cette séquence et on entend celui que Jo nomme pieusement «le grand Léo» chanter de sa voix unique «les spectres gelés au-dessus des clôtures» et les «poètes qui s'arrêtent pour bénir les chevaux».

«Tout à fait approprié, commente Françoise.

— Léo apprécierait, dit Jo.

— On gardera...», conclut Roger qui trouve aussi intéressante l'initiative de la technicienne.

Des séquences ont été tournées à la Old Brewery Mission, à la Maison du Père et au Refuge des femmes. Des laissés-pour-compte du rêve américain attendent sous le soleil ou sous la pluie que s'ouvrent les portes des cuisines populaires où on leur servira les reliefs de la société d'abondance. À l'occasion, des archéologues de la faim explorent les poubelles des restaurants, disputant aux Macgoélands des portions de hamburgers-frites en voie de fossilisation.

Françoise écoute d'une oreille plus ou moins distraite quelques entrevues réalisées avec des bénévoles des organismes communautaires et des salariés des établissements publics. Un travailleur social capte son attention. «Ils occupent chacun un territoire et, parfois, on assiste à de sévères conflits frontaliers. Plusieurs parmi eux sont atteints du sida et mourront au cours des prochaines années», l'entend-elle dire en conclusion de son intervention. Il ne cite pas de statistiques et semble presque gêné d'être là. Le type lui paraît sympathique. Elle note son nom et celui de l'établissement où il travaille.

Tandis que le professionnel parle, d'autres images de clochards défilent à l'écran.

«Nous nous sommes attardés sur certains sujets qui nous paraissaient particulièrement intéressants, fait remarquer quelqu'un alors que des scènes tournées dans le Vieux-Port, au parc La Fontaine, devant les grands magasins du centre-ville, au square Berri et devant la Place des Arts mettent en évidence certains personnages qu'on a jugés particulièrement pittoresques ou pitoyables.

— Ça se peut-tu! s'exclame la journaliste sur un ton dans lequel transparaît un malaise. Crisse que le monde est injuste!»

Elle ne jure presque jamais, seulement quand elle est révoltée et que les mots lui manquent pour exprimer ce qu'elle ressent.

«Ils sont des centaines, l'informe Jo. Et je ne tiens pas compte des jeunes en rupture temporaire avec leurs familles, et les semi-clochards qui errent dans la ville mais retournent dans leurs misérables logis pour dormir. Avec la désinstitutionnalisation...

— Bravo! l'interrompt Roger, c'est la première fois que tu réussis à le dire sans bafouiller.

— ... leur nombre s'est accru de façon très importante, poursuit Jo.

— Ça n'empêche certainement pas les politiciens de dormir.

— Que voilà des propos subversifs, madame Mercier, se moque l'amie de Françoise.

— Et pas très objectifs, ajoute Roger.

— Faites pas chier! Je ne suis pas certaine que ce soit une bonne idée de faire un reportage là-dessus. Je me sens un peu voyeuse.

— Écoute, Françoise, on en a assez discuté. On n'est pas ici pour faire du sentiment, mais du journalisme. Le sort de ces gens-là est d'intérêt public, affirme le réalisateur, et il ne sert à rien de cacher leur situation. À mon avis, la solution à tes scrupules tient dans le traitement du sujet, dans l'approche, et ça, ma vieille, ça dépend beaucoup de toi.»

«Je suis trop fatiguée», pense Françoise, moins pour s'excuser que pour se rappeler que, dans cet état, elle devient râleuse.

«Roger a raison, ma vieille, renchérit Jo. Je pense que c'est un sujet en or. Je pense aussi que c'est important de présenter ces gens pour ce qu'ils sont. Tu sais, il y a des êtres absolument étonnants parmi eux. Plusieurs ne veulent pas nous parler. C'est bien normal. Nous avons garanti la confidentialité aux autres et ne présenterons à l'écran que celles et ceux qui sont les plus cohérents et qui acceptent de s'exprimer devant la caméra. Même qu'on leur paiera un cachet.

— Vous avez raison. Je suis un peu déprimée, reconnaît Françoise en ne s'adressant à personne en particulier. C'est la période de l'année...

— On peut comprendre ça...»

Roger est sur le point d'ajouter quelque chose, mais s'en abstient, sachant que le baume des mots est tout à fait impuissant à soulager certaines douleurs trop vives, trop incrustées dans les replis de l'âme.

«Stop!» crie la journaliste qui cesse momentanément de respirer. Elle a entrevu un visage connu, une image furtive. L'interjection a fait sursauter Jo. «Pouvez-vous revenir un peu?» La technicienne obtempère.

«Qui est-ce?
— Longtime-No-See, le Jockey?
— Non, l'autre.

— Quel autre?

— L'homme que l'on aperçoit derrière. Il est adossé à un mur. Tu peux le "zoomer"?»

La technicienne rapproche l'image.

L'homme paraît très vieux. Il a les traits burinés, le visage tanné par le soleil ou ravagé par l'alcool. Sa lèvre inférieure est fendue et il arbore un formidable œil au beurre noir. Ses cheveux cendrés descendent sur ses épaules. Appuyé contre un mur, il boit une potion quelconque à même une bouteille dissimulée dans un sac de papier.

«Ils se battent souvent entre eux, explique Jo. Parfois, c'est un conflit frontalier, parfois, une vieille rancune inassouvie, parfois, une histoire de femme.

— Ils se font aussi servir des raclées par des junkies qui en veulent à leur fortune, ajoute Roger.

— Il arrive même qu'ils se fassent tabasser par des néonazis, complète Jo.

— Comme dans *Orange mécanique*, commente Françoise, en faisant référence au film de Kubrick.

— Tu connais ce type? Tes amants finissent tous de cette manière?...»

La journaliste ignore l'ironie.

«Une sensation. Non, je ne le connais pas. Mais il me rappelle quelqu'un. Comment s'appelle-t-il?

— Je n'en suis pas certaine, mais il se pourrait que ce soit l'Artiste. Il te plaît tant que ça?

— Fais pas chier, Jo!

— Hou! Mais c'est qu'elle n'est vraiment pas d'équerre, la Mercier. Deux fois en une heure qu'elle m'envoie paître. Je vais lui dire deux mots, moi, à Bande-à-sec.

— Excuse-moi.

— C'est Julie? suggère doucement Roger.

— Elle m'inquiète un peu, celle-là. Rien de grave. C'est mon cœur de mère. Je n'aime pas les types qu'elle fréquente, c'est tout.»

Le réalisateur lance un regard entendu à Jo. Ils savent tous les deux que les relations entre Françoise et sa fille sont difficiles. Depuis l'âge de quatorze ans, elle part sans prévenir et ne revient souvent que quelques jours plus tard. À dix-sept ans, elle continue de préoccuper sa mère.

«T'en fais pas, dit Jo à la journaliste en lui caressant le visage du revers de la main. Ça s'arrangera.

— Oui, ça finit toujours par s'arranger, mais non sans dégâts. L'Artiste, hein! Vous n'avez pas plus d'information à son sujet?

— Il est difficilement approchable.

— Violent?

— Non. Arrogant et silencieux. Il ne parle pas et nous regarde comme si c'était nous qui étions des demeurés.

— Perspicace.

— C'est toi qui commences, là, note Roger.

— Laisse faire, fait Jo, je l'aime mieux comme ça.

— Vous voulez parier qu'il me parlera, à moi?

— Une bouteille de rouge, répond le réalisateur.

— Et un repas au 917, ajoute Jo.

— Tenu.»

Françoise ne peut s'empêcher de ressentir un étrange frisson à la pensée de rencontrer cet homme qu'elle ne connaît pas, mais qui fait naître en elle beaucoup plus qu'une curiosité journalistique.

II

Ils sont trois. Deux garçons à l'aube de l'adolescence et une fillette de dix ans. Ils slaloment entre les passants qui déambulent dans les allées du parc La Fontaine. Les gardiens les ont chassés dix fois et dix fois ils sont revenus. Un jeu, rien d'autre. Ils sont les héros en *skateboard* qui doivent tromper la vigilance des «horribles vigiles».

Le jeu avec les gardiens devient moins amusant, trop facile. Les enfants en ont conçu un autre, inspiré d'un film américain qu'ils ont vu quelques semaines plus tôt. «Faisons sortir "la bête"», ont-ils convenu, n'y voyant aucun mal. À la tombée du jour, ils construisent un petit bûcher formé de papier, de carton, de guenilles imbibées d'huile et de quelques branches sèches qu'ils placent à la lisière d'un bosquet d'épinettes naines: la demeure de la bête. «Dépêchez-vous!» ordonne la fillette d'une voix mal assurée. Elle entend ses copains de jeu qui s'activent dans l'ombre. Le soir descend rapidement sur le parc. La petite fille est inquiète et troublée.

Ils ignoraient tout de cette femme jusqu'à ce que viennent les cinéastes. Ils ont observé avec un vif intérêt l'équipe de la télévision en train de filmer ce petit boisé formant un écran entre l'agora, où l'on présente des spectacles en été, et le parc. Ils ont posé des questions et un peu blagué avec les techniciennes. «Rien que des filles?» s'est inquiété l'aîné du trio. Les garçons étaient troublés de voir que l'équipe technique ne compte que des femmes. Ils ne savent pas très bien pourquoi, mais cela les humilie un peu. La petite fille, elle, en est très fière. «C'est parce qu'on est plus intelligentes», affirme-t-elle avec l'autorité d'une vieille routière de la cause féministe.

«Pourquoi vous y allez pas, dans le bois? a demandé un des garçons.

— Parce qu'une vieille sorcière y habite et qu'elle pourrait nous changer en dindes, a blagué innocemment une des techniciennes.

— T'es ben niaiseuse! a rétorqué le même garçon. Des sorcières, ça n'existe pas.

— On n'est pas des enfants pour se faire raconter des histoires, a risqué l'autre, d'une voix un peu gênée. C'est parce que vous êtes des filles que vous y allez pas. Vous avez la chienne.

— D'accord, vous n'êtes pas des bébés. La vérité, c'est qu'il y a une vieille femme qui habite là et nous, on ne souhaite pas la déranger. Tu comprends, c'est une pauvre madame qui veut qu'on lui fiche la paix.»

La technicienne a failli ajouter: «Et toi, beau gosse plein de couilles, si tu y allais...?» Elle s'est retenue parce qu'elle sait que le garçon n'oserait jamais pénétrer dans cette caverne végétale. Il ressemble tellement à son fils. Elle ne veut surtout pas l'humilier.

«Elle habite là? Ça s'peut pas! s'est exclamée la fillette pour ne pas être en reste avec ses deux copains.

— Y a rien que les bêtes qui habitent dans le bois, a conclu le plus vieux des garçons. Des bêtes malfaisantes.»

Et ce jugement a fait germer l'idée d'un nouveau jeu.

Paulette s'est construit un nid dans un large massif qui masque un muret de béton derrière le Théâtre des étoiles. Un couloir grossièrement taillé à la base de ce maquis conduit à une espèce d'alvéole où elle vient se réfugier. La clocharde a déjà fait la manchette des quotidiens. Sa présence à cet endroit a soulevé un débat: «Devrait-on ou non l'obliger à quitter ce couvert insalubre et, à la limite, dangereux?» On a finalement décidé de la laisser en paix jusqu'à l'hiver. Des assistantes sociales la visitent régulièrement pour vérifier son état de santé. Chaque jour, les bénévoles d'un organisme communautaire lui servent un repas chaud. À l'occasion, des habitants du quartier lui apportent qui du sucre à la crème, qui des vêtements. Paulette récupère le fruit de cette générosité et le redistribue à d'autres. Personne ne la connaît vraiment, mais elle est Paulette pour tout le monde.

«C'est pas bien, déclare la fillette.

— C'est juste pour rire, dit le plus vieux des garçons.

— Est même pas là», avance le plus jeune.

Ils reculent prudemment. Il ne se passe rien. Le plus vieux craque une allumette. Le bûcher s'enflamme aussitôt. Le feu fait crépiter les branches basses des résineux et une fumée grasse et noire se dégage. Ils entendent tousser «la bête». Ils discernent une forme qui s'agite. Les enfants s'enfuient sans demander leur reste.

Tout au fond, recroquevillée contre le muret de pierre, Paulette observe, effrayée, le manège des enfants. Elle se tasse sur elle-même autant qu'elle le peut. Une fumée âcre l'étouffe. Elle tousse. Des souvenirs affluent à sa mémoire. Elle entend des pleurs dans la nuit. Elle se lève et elle crie: «Les jumeaux!» Elle place ses mains devant ses yeux, comme si, de cette manière, elle pouvait empêcher que ne resurgisse le cauchemar tapi au fond d'elle-même tel un fauve à l'affût.

Un gros chien roux. Un des enfants lui embrasse le museau tandis que l'autre enfonce son visage dans le pelage de l'animal. Le chien semble heureux et les enfants aussi. Il y a deux petites formes qui barbotent dans une piscine sous l'œil amusé d'un homme. Elle se rappelle leur odeur, la texture de leur peau, leurs babils. Elle les entend qui pleurent dans la nuit. Elle crie. L'homme se lève et se précipite à l'étage. «Les jumeaux!» De la fumée partout. Une odeur âcre et un crépitement. Elle étouffe. Elle hurle.

*   *

*

Françoise Mercier n'a presque pas dormi. Le sommeil ne lui vient pas facilement depuis quelques semaines. Elle s'inquiète pour sa fille qui ne couche à la maison qu'un jour sur trois. Elle ne l'a pas entendue entrer. Où est-elle? Si au moins Julie lui disait où elle va, où elle dort. Elle se lève, enfile une vieille robe de chambre et jette un coup d'œil par la fenêtre pour voir le temps qu'il fait. Un soleil timide se faufile entre les arbres et trace des allées de lumière sur l'herbe du parc. C'est le moment qu'elle préfère. Luc avait divisé la journée en quatre périodes d'inégale longueur: les heures pures, qui forment comme une parenthèse entre les heures mortes de la nuit et les heures folles de la journée, lesquelles viennent se briser sur les heures douces d'avant la nuit profonde, celles réservées à l'amour et à la fête.

Elle pense beaucoup trop à lui ces temps-ci. Douze ans d'absence ne suffisent pas à alléger le poids de ce souvenir qui l'habite en permanence et qui revient la hanter cruellement chaque année, à la fin de l'été. «Maudit fantôme! pense-t-elle, si au moins tu pouvais quitter le cœur de Julie.»

Jacques dort dans la chambre contiguë à la sienne. Une fille est lovée contre lui. Elle la reconnaît. Françoise s'attarde un instant devant la beauté de ce jeune couple dont les corps étroitement enlacés dessinent la forme d'un gros fœtus sous le drap pâle. Une odeur de sperme flotte dans la chambre, l'enveloppe vide d'un condom est sagement posée sur la table de chevet. Elle en est soulagée. Elle connaît trop bien les emportements des corps et sait que le chaos des sens peut anéantir la plus élémentaire prudence. «Les plus jeunes vivent dans un contexte où répondre à l'appel de la vie se confond parfois avec le baiser de la mort», disait un philosophe belge qu'elle avait interviewé quelques semaines plus tôt. La prudence de son fils la rassure.

Elle referme la porte doucement, tout doucement, pour ne pas réveiller l'innocence.

Comme elle le craignait, Julie n'est pas à la maison. Cette absence l'inquiète plus encore que l'hygiène sexuelle de son fils. Elle est d'autant plus troublée qu'elle se reconnaît bien dans Julie: même esprit rebelle à toute forme d'autorité imposée, mais loyauté sans faille envers ceux qu'elle aime, une vision parfois romantique du monde, un certain goût du risque. Ce dernier trait lui paraît cependant plus dangereux chez Julie qu'il ne l'avait été pour elle, étant plus l'expression de son désarroi et de sa révolte que l'affirmation d'une légitime autonomie. La mère avait su évaluer les conséquences de ses actes, même les plus audacieux. La fille s'en fiche complètement et sa témérité frôle parfois l'inconscience.

Elle ne parvient pas vraiment à se convaincre que le comportement de sa fille ressemble au sien vingt-cinq ans plus tôt. «Je suis une vieille réactionnaire!» finit-elle par conclure sans vraiment y croire. Elle pressent que les motifs de Julie ne sont pas les siens. Elle voulait s'émanciper, s'ouvrir à la vie, changer un ordre social sclérosé en défiant tous les tabous. Pour Julie, c'est différent. Quelque chose d'un peu haineux. Une façon de lui exprimer une douleur trop vive que les mots ne peuvent rendre. Cette certitude la remplit d'effroi, fait monter en elle un sentiment d'échec. Elle brise la beauté des choses. Elle travestit cette enfant rêvée qu'elle a rendue à la vie comme on réalise un grand œuvre.

Julie a hérité des yeux de sa mère. Deux joyaux dont l'éclat alterne du pers au vert selon l'humeur du moment. Mais là s'arrête la ressemblance physique, car si Françoise est d'une taille un peu plus grande que la moyenne, Julie lui concède plusieurs centimètres. La discrète blondeur de la mère est entretenue artificiellement depuis quelques années. Julie est dans sa période sanguine, et son frère affirme pour la taquiner qu'elle tient plus du coq dont elle porte la crête, à la mode punk, que de la poule dont elle possède néanmoins les mœurs. Mais cela est dit sans méchanceté et Julie aime

Jacques «d'un tendre amour», comme elle a pris l'habitude de le répéter depuis leur tout jeune âge.

Françoise se considère elle-même comme «très ordinaire», mais n'ignore pas l'effet qu'elle produit sur les rares hommes qui osent l'approcher. Elle bouge avec cette grâce un peu féline qui caractérise certaines femmes, attribut qu'elle partage aussi avec sa fille. Elle possède ce charme indéfinissable et plutôt rare, qui attire les gens spontanément. «Elle n'est que naïveté, ingénuité, blancheur, candeur», avait ironisé, en la comparant à Cosette, un présentateur dont l'ivresse n'occultait pas tout à fait la culture, à l'occasion de la dernière distribution annuelle des Félix.

Elle a effectivement un petit quelque chose de l'héroïne d'Hugo: l'apparente innocence, sans doute. Une innocence qui dissimule cependant un volcan prêt à exploser à la moindre provocation. «La passionaria de l'information», dit d'elle Roger. «Tu possèdes un corps en pain d'épice», lui murmurait Luc Genois au début de leur liaison, et il la grignotait avec cette douceur qu'elle n'avait plus jamais retrouvée après lui.

Julie est, plus encore que Jacques, ce que Luc Genois lui a laissé de plus précieux. Julie est comme l'aboutissement de leur passion, la meilleure partie d'eux-mêmes. Elle ressent cette réalité dans tout son être, comme si en naissant Julie avait emporté un morceau essentiel de son âme et qu'en se refusant à sa mère elle lui volait du même coup une partie d'elle-même. La disparition subite de Luc Genois a rendu la présence de Julie encore plus importante, plus essentielle, indispensable. Son absence en est d'autant plus douloureuse.

C'est Jo qui lui avait suggéré de consulter un «réducteur de tête», terme générique qu'elle emploie pour qualifier les psys. L'expérience n'ayant pas été concluante, Françoise en a déduit que les douleurs, comme les grandes joies, sont des pierres trop rares, trop précieuses, pour qu'on les fasse tailler par d'autres que l'orfèvre du temps.

Elle cueille *Le Devoir* et *Le Journal de Montréal* que les camelots glissent dans la poignée de la porte chaque jour vers six heures. «Le temps grisonne», pense-t-elle en ramenant les pans de sa robe de chambre sur son corps frissonnant. Une expression que son père répétait tous les matins à partir de la fin août jusqu'à la mi-novembre.

Elle dépose les quotidiens sur l'îlot de la cuisine, ouvre la radio et fait bouillir de l'eau pour son café matinal. Rien ne presse aujourd'hui et il n'est que six heures et demie. L'avant-midi lui appartient jusqu'à onze heures. Elle sort deux croissants aux amandes et les met au four. À la radio, Cat Stevens chante:

> *Well I think it's fine building Jumbo planes*
> *or taking a ride on a cosmic train, switch on*
> *summer from a slot machine, yes get what you*
> *want to, if you want, 'cause you can get anything*
> *I know we've come a long way, we're changing day*
> *to day, but tell me, where d'th' ch'ldr'n play...*

Elle cherche une cigarette. Elle a une envie folle de fumer. Chaque matin, même après deux ans d'abstinence, elle ressent ce *rush* avec plus ou moins d'intensité. Aujourd'hui, il est vraiment fort. «Mauvais, ça!» se dit-elle. Elle remplit la Bodum d'eau bouillante à hauteur de trois tasses. Elle verse un peu de miel dans le fond d'un bol et ajoute de la crème. Elle remplit le bol de café chaud et s'installe pour le rite quotidien du café-journal. Elle prend conscience de ce qu'elle refait les mêmes gestes, sensiblement dans le même ordre, tous les matins. «*We're changing day to day*», la chanson de Cat Stevens lui trotte dans la tête. «Peut-être pas tant que ça», murmure-t-elle en dépliant *Le Journal de Montréal*. La une du quotidien attire son attention: «La locataire du jardin des étoiles retrouvée morte dans son abri». Un article sur trois colonnes, page 3: «La clocharde qui logeait dans un bosquet d'épinettes depuis un an pourrait avoir été asphyxiée par la fumée d'un feu de broussailles allumé par des enfants qui jouaient. On se souviendra que la présence de l'itinérante à cet endroit avait soulevé la polémique l'hiver dernier.

«Bien connue des travailleuses sociales, la victime aurait vécu en institution psychiatrique pendant une vingtaine d'années avant d'être jugée apte à se débrouiller par elle-même il y a deux ans. Connue sous le prénom de Paulette, cette femme aurait perdu les trois membres de sa famille dans l'incendie de sa demeure, à Cap-Rouge, il y a une vingtaine d'années...»

«Je ne connaîtrai jamais la vérité de cette femme», pense Françoise. Et pourquoi est-ce si important d'accéder à la vérité des autres? Une interrogation récurrente et elle s'en était ouverte à Roger. «Parce que c'est une façon de trouver la nôtre», avait répondu le réalisateur, contribuant ainsi à la formation d'un aphorisme qu'elle se rappelle à l'occasion, quand elle doute de l'utilité de son travail.

Elle ne saura jamais la vérité de Paulette, mais elle doit apprendre celle de ce clochard dont l'image furtive reste accrochée à sa mémoire, comme un stimulus provocant, un défi à sa raison, une occasion, peut-être, d'en finir avec Luc Genois.

III

Le travailleur social du Centre local de services communautaires l'accueille dans une minuscule pièce meublée d'une table de travail, d'une étagère, d'un fauteuil pivotant et d'une chaise en plastique moulé, moins confortable, pour les visiteurs. Une affiche d'Amnistie internationale, une autre du Festival d'Avignon et une troisième annonçant le film *Octobre* de Falardeau, une reproduction laminée du manifeste du FLQ et des photos de clochards ornent les murs.

Le désordre le plus absolu règne dans ce petit espace. L'étagère croule sous les livres et les dossiers. Le bureau ressemble à un marché aux puces: trois tasses, des trombones plastifiés de toutes les couleurs, un Garfield, des stylos, des crayons, des photos éparpillées ici et là, des reçus, un ourson en peluche, quelques Schtroumpfs, un sandwich à moitié grignoté, un thermos. Des affichettes sont empilées sur la chaise des visiteurs. Un bâton de hockey et des patins traînent dans un coin. Une veste d'aviateur en cuir brun patiné artificiellement est accrochée derrière la porte.

«Attendez, je vais tasser ça, fait le travailleur social en s'emparant de la pile d'affichettes.

— J'aurais pu m'asseoir dessus», ironise Françoise.

Le travailleur social dépose son fardeau sur le rebord de la fenêtre.

«Excusez le désordre. Il est assez rare que je reçoive des visiteurs ici.

— Le service d'entretien vous a mis en quarantaine?»

Un persiflage tactique visant à établir un rapport de force favorable, comme on dit dans les syndicats.

«Heu... C'est mon fils qui..., tente d'expliquer le fonctionnaire en montrant les Schtroumpfs, le Garfield et l'ourson. Il met toutes sortes de choses dans mes poches pour me jouer des tours. Et comme je pars souvent en catastrophe, je n'ai pas toujours le temps de vérifier le contenu de ma veste ou de mon sac.»

Françoise accepte le siège qu'il a libéré à son intention et observe un instant son interlocuteur tandis que celui-ci tente de mettre un peu d'ordre dans son fouillis.

L'homme doit avoir à peu près son âge. Plutôt grand et costaud, une large tonsure dénude le sommet de son crâne. Ses yeux sont gris et doux. Il porte un pantalon ample en denim bleu retenu par de larges bretelles à motifs de fleurs de lys et une chemise de coton verte. Il lui fait bonne impression et correspond à l'idée qu'elle se fait d'un travailleur social.

«Je ne pense pas m'être présenté. Benoît. Benoît Lafleur.

— Françoise Mercier.»

Elle accepte la main qui lui est tendue.

«Je vous prie de m'excuser, insiste-t-il. Je ne devrais pas imposer mon désordre aux autres. Mais comme il ne vient jamais personne ici... Moi-même, je n'y viens qu'un jour sur trois.

— Vous n'avez pas à vous excuser. C'est moi qui ai sollicité cette entrevue, je ne vois pas pourquoi vous auriez dû changer vos habitudes.

— J'avais l'intention d'arriver un peu plus tôt pour faire du ménage, mais le p'tit a passé une bien mauvaise nuit et...

— Vous êtes veuf?

— Divorcé. C'est pareil. J'ai la garde de mon fils.

— Et qui s'en occupe quand vous n'êtes pas là?

— Après l'école il se rend chez la voisine. C'est presque en face. Enfin, c'est ma sœur qui... Elle habite à côté, vous comprenez?...

— Quel âge?

— Trente-cinq.

— Pas votre sœur, votre fils, précise Françoise en riant.

— Six ans. Un petit monstre comme il ne s'en fait plus. Une petite bête qui me rendra fou un de ces jours. Il est dans sa période Câlinours et dragon rose. Il me lance du feu pour tout et pour rien.

— Enfant unique?

— Oui. Vous pensez faire un reportage sur les nouveaux pères?»

Françoise rit de bon cœur.

«Je vous demande pardon, c'est une seconde nature. Je ne peux m'empêcher de poser des questions aux gens.

— Je comprends ça. C'est pas grave. Vous avez des enfants?

— Deux. Deux grands ados.

— Le bonheur!

— Tout à fait!»

Elle sent à son regard qu'il risque de lui dire une connerie: «Vous êtes bien trop jeune pour avoir des enfants de cet âge-là!»

«J'allais dire une connerie.»

Elle sourit.

«Mais vous ne l'avez pas dite.»

Il lui sourit à son tour et son sourire s'éparpille en un delta de petites rigoles autour des yeux. «Décidément, pense Françoise, ce type me plaît.»

«Et si nous passions à l'objet de votre visite, madame Mercier.

— Vous m'appelez Françoise et je vous appelle Benoît. Ça vous va?

— On peut toujours essayer.

— C'est Jo, ma recherchiste, qui m'a suggéré cette rencontre. Elle affirme que vous êtes un crack en matière de clochards. Elle m'a dit que vous les connaissiez tous, ou à peu près.

— Jo beurre la tartine un peu épais. Oui, j'en connais quelques-uns, surtout ceux qui vivent sur le territoire que dessert cet établissement.

— Vous connaissez Jo!

— Un peu...»

Dans ce «un peu», elle sent comme une odeur d'après-bar. «Attention, Françoise, c'est toi qui vas dire une connerie», anticipe la journaliste. Elle note qu'un mince sourire trace une ligne d'ironie sur les lèvres du travailleur social. L'animal! Il fait basculer le rapport de force.

«Vous avez étudié à l'UQAM?

— Non, à l'Université Laval. Pourquoi?

— Pour rien, Jo et moi nous sommes connues là.»

Françoise se demande pourquoi elle lui raconte cela.

«Vous a-t-elle dit que nous travaillons à la préparation d'un grand reportage sur les clochards?

— Je remarque que vous ne dites pas "itinérants".

— J'ai horreur des euphémismes bureaucratiques. Je trouve ce souci d'hygiène langagière plutôt louche. Comme s'il dissimulait une atrophie du cœur. Vous ne trouvez pas?

— Vous prêchez un converti. Le terme clochard n'est à peu près plus utilisé, même s'il exprimait une réalité bien particulière et différente de ce que l'on qualifie d'itinérance.

— Je peux enregistrer?» demande Françoise en sortant un micro-magnétophone de son sac.

Benoît fait signe que oui et Françoise poursuit: «Alors, vous établissez une distinction entre "clochard" et "itinérant"?» Sa question appelle une réponse didactique.

«Les personnes itinérantes sont des individus qui errent ici et là, dormant souvent à la belle étoile, parfois dans des centres d'hébergement. À l'occasion, ils partageront un logement avec un ou plusieurs colocs. Le terme est apparu avec la vague de désinstitutionnalisation qui a touché les personnes ayant des troubles mentaux. Beaucoup de patients qui vivaient en institution depuis des années ont été jetés à la rue. Ils étaient subitement devenus "fonctionnels", autonomes, disait-on. On avait tout simplement oublié que ces individus n'avaient pas appris à se débrouiller, ou l'avaient désappris. Dans les faits, cette mesure correspond d'abord à des impératifs comptables. Elle a été concoctée par d'honnêtes bureaucrates à qui on a amputé la glande de la sensibilité quand ils ont atteint le stade de «barons» de l'administration publique.

— N'est-ce pas un peu sévère?

— Je sais bien que cela peut paraître simpliste, même un peu injuste, mais c'est nous qui devons gérer les conséquences de cette décision lumineuse. Nous et certains réseaux d'organismes communautaires. Cela se réalise notamment dans le cadre d'une politique dite de "maintien à domicile" et par le recours à des réseaux dits d'"aidants naturels". Je vous laisse apprécier les euphémismes.»

Il fait une pause pour la laisser digérer ces informations et s'informe des yeux si elle suit son exposé. Françoise lui adresse un sourire affirmatif. Il poursuit:

«L'itinérance est une condition temporaire, plus ou moins longue, dans la vie des personnes, affirme-t-il en guise de conclusion. Peut-être trouvez-vous que je fais un peu prof de socio, ajoute-t-il comme pour s'excuser de la leçon.

— Juste un peu. Mais je suis venue ici pour apprendre. J'aimerais que vous m'expliquiez ce qui différencie les divers types d'itinérants.

— Dans les faits, on retrouve parmi la population itinérante des personnes handicapées mentales qui n'occupent un logement qu'en hiver, des robineux qui ne sont pas tout à fait des clochards, mais des alcooliques parvenus à un stade très avancé d'intoxication. Ils peuvent passer quelques jours dehors et retourner cuver leur vin à l'abri. Il y a aussi de plus en plus de jeunes.

— Des jeunes?...

— J'en connais qui n'ont que douze ans et qui dorment à la belle étoile sans que personne se préoccupe de leur sort. Il y a aussi des adolescents complètement intoxiqués qui quêtent pour acheter leur dope quotidienne. Plusieurs se prostituent. Et puis, il y a quelques rejetons des familles bourgeoises qui vivent le *trip* de l'itinérance pendant quelques semaines, parfois quelques mois. Dans les années soixante-dix, les parents de certains d'entre eux allaient en usine pour prendre un bain de classe ouvrière avant de retourner à la niche professionnelle qui leur était destinée. Vous avez connu ça?

— Comme tout le monde», répond Françoise, un peu excédée par ce cynisme agaçant.

Jo avait dû lui parler de ses sympathies politiques.

«Il y a beaucoup de jeunes filles parmi ce groupe? interroge Françoise en pensant à Julie.

— Oui. Très souvent, elles se font harponner par des souteneurs qui les initient à la drogue et les forcent ensuite à se prostituer. Avant-hier, on en a trouvé une pas loin d'ici. Elle avait été étranglée avec ses bas-culottes après avoir été violée et sévèrement battue. Un avertissement pour les autres...»

La journaliste réprime son émotion.

«Quel âge?

— Dix-sept ans.»

L'information produit un effet immédiat. Françoise se sent très mal: cette jeune femme pourrait être Julie. Ces drames ne peuvent être autre chose que des sujets de reportages qu'elle peut traiter professionnellement, mais qui ne la concernent pas, elle, personnellement. Elle se sent soudain très vulnérable.

«On sait d'où elle vient? s'enquiert Françoise en essayant de maîtriser son trouble.

— Je la connais depuis trois mois. Ses parents sont psychiatres. Ils étaient en congrès à Honolulu quand on l'a retrouvée. Elle s'appelle Maritée.

— Vous en parlez au présent...

— C'est parce qu'elle n'est pas morte là, répond le travailleur social en pointant son cœur du doigt. Mais je ne devrais pas vous raconter ça. Promettez-moi de ne pas en parler.»

Elle acquiesce de la tête et se sent honteuse d'éprouver un énorme soulagement. Elle s'empresse d'enchaîner pour que cela ne paraisse pas trop.

«Et les clochards, en quoi sont-ils différents?

— L'itinérance est pour eux un mode de vie, une culture. Ils forment un peuple à part, avec ses règles et ses coutumes. Il en existe deux catégories. Il y a d'abord ceux qui sont devenus clochards à la suite d'une maladie ou d'un événement qui les a profondément affectés.

— Comme le Curé, sur Saint-Denis.

— Vous le connaissez!

— Il a été identifié par notre équipe de recherche.

— Le Curé fait effectivement partie de ce groupe. J'imagine que vous connaissez son histoire?

— Un peu. Et l'autre groupe?

— Je les appelle les clochards romantiques. Ils sont de la lignée des "quêteux" traditionnels. En fait, ce sont des personnes qui ont volontairement décroché, la plupart à la suite d'un événement particulier.

— Comme une peine d'amour.

— Pourquoi pas. J'en connais qui sont de merveilleux anarchistes que trop de cohérence a conduits à la clochardisation. Et il y en a une minorité qui sont des artistes, quelques poètes, des peintres, des disciples de

Jack Kerouac. Vous savez, la clochardisation est un processus. Les voies qui y conduisent sont bien mystérieuses.

— Je comprends. Dans le fond, il y aurait un clochard qui sommeille en chacun de nous?

— Peut-être. Il y a aussi un salaud qui sommeille en chacun de nous. En fait, il y a plein d'"Autres" qui sommeillent en chacun de nous.»

Il dit cela avec un sérieux à faire craquer la mélamine de son bureau.

«C'est ça qu'on vous apprend en travail social?

— Que non! s'exclame-t-il dans un éclat de rire. On nous forme pour être de bons gestionnaires des problèmes sociaux.

— Vous pourriez me présenter quelques-uns de ces clochards? Jo vous a sûrement expliqué la nature de notre reportage...

— Naturellement.

— Et cette femme dont on parle dans les journaux?...»

Il sait à qui la journaliste fait allusion.

«Paulette ne se laissait pas approcher facilement. Elle se comportait comme un animal traqué. J'ai tenté de lui parler une fois ou deux, sans succès. Une de mes collègues, qui est infirmière de rue, la connaissait un peu mieux. Nous n'avons pas tellement le goût d'en parler, vous comprenez? Nous nous sentons responsables de ce qui est arrivé... C'est con, mais c'est comme ça.

— Alors...?

— Vous devez comprendre que j'ai une obligation de loyauté à l'égard de ces personnes. Je ne veux surtout pas qu'elles deviennent des bêtes du cirque médiatique.»

Françoise partage cette préoccupation, mais n'aime pas qu'il lui fasse la morale.

«Vous devez miser sur notre professionnalisme.»

Il ne répond pas tout de suite, se contentant de se balancer sur sa chaise en la fixant du regard.

«Si je collabore avec vous, madame Mercier...

— Françoise.

— ... c'est parce que je vous fais confiance. À vous!»

Il appuie sur ces derniers mots. Mieux vaut ne pas argumenter.

«Et à Jo...»

Il ne dit rien. Elle poursuit:

«Bien aimable de votre part! Dois-je en conclure que je peux compter sur votre aide?

— D'accord. Je me réserve cependant le privilège de décider jusqu'où ira cette collaboration. Ça vous convient?

— Faut bien faire avec.

— Comme vous dites.»

Ses doigts plient et déplient un trombone. Il soutient son regard.

«Je connais un petit resto vietnamien assez sympathique à cinq minutes d'ici. On dîne ensemble?»

Une invitation imprévue. Elle n'hésite pas, comme si cela allait de soi.

«Je n'ai rien au programme avant deux heures: un rendez-vous dans le centre-ville. On y va!»

Benoît l'entraîne dans un minuscule restaurant tenu par une famille vietnamienne. La mère officie aux fourneaux avec ses deux belles-filles. Le fils et le père servent aux tables et tiennent la caisse. Une vingtaine de clients s'y entassent déjà.

«Bonjour, monsieur Tranh, vous allez bien?»

Le vieil homme sourit et les accompagne jusqu'à une table logée dans un espace qui avait dû servir de vestiaire et qui forme maintenant comme une alcôve. La grand-mère est assise dans un coin et écosse consciencieusement des petits pois. Des photos de Nha Trang, de Hué, de Hoi An et de la baie d'Along rappellent le pays d'origine des Tranh. Un petit autel familial a été dressé dans une niche où sont accrochées les photos de membres de la famille. Le regard de Françoise s'y attarde un instant.

«Ces gens sont arrivés lors de la grande migration des *boat people*, l'informe Benoît aussitôt qu'ils sont assis.

— Nous avons réalisé un reportage sur ce sujet il y a une douzaine d'années. Une idée de Jo.

— Ce qu'ils ont vécu est absolument incroyable. Ils ont été attaqués par des pirates à plusieurs reprises. Les femmes se sont toutes faites violer, même la grand-mère. On les a battus, rançonnés, volés. Ils ont subi tous les sévices imaginables. On a menacé de leur ouvrir le ventre pour vérifier s'ils n'avaient pas avalé des pierres précieuses. On a effectivement mis cette menace à exécution pour un des fils. Ils en avaient quatre. Le plus jeune est aujourd'hui neurologue.

— Connaissez-vous tous les habitants du quartier?

— Presque. Je n'ai jamais travaillé ailleurs que dans le centre-ville. J'y suis né. Rue Cartier, un peu au nord de Sainte-Catherine.

— Moi, je suis née en haut de la rue Sherbrooke, rue Messier.

— Un autre monde. Une de mes premières blondes vivait sur Des Érables, près de Marie-Anne. Son père a fait une crise de nerfs quand il a su qu'elle fréquentait un gars "du bas de la ville". Le plus drôle, c'est que le vieux ciboire travaillait à la même place que mon père, chez Jolicœur.

— Quelle époque! fait Françoise en exhalant un soupir plein de nostalgie.

— J'en garde un excellent souvenir. Nous avons sensiblement le même âge. Nous aurions pu nous rencontrer, à l'époque. Je ne sais pas, moi, au parc La Fontaine, par exemple. Ou à l'église... J'étais enfant de chœur.»

«Ce type me plaît vraiment, pense Françoise. Un peu paysan, mais sympathique. Jo a dû lui dire mon âge. Cette fille n'a aucune morale. Je lui revaudrai ça», se promet-elle intérieurement, en plissant les yeux et en serrant les dents comme elle le fait quand elle sent la moutarde lui monter au nez. Et l'autre abruti qui ne fait même pas un effort pour la draguer un petit peu. Et ce sourire un peu railleur qu'il affiche presque en permanence. Sûr qu'il sait très bien ce qu'il fait.

Le fils Tranh s'approche, salue Benoît et leur adresse un sourire si chaleureux qu'elle a l'impression d'être une vieille amie de la famille, ce qui semble vrai pour le travailleur social.

Elle commande une soupe, des rouleaux impériaux et des brochettes de poulet.

«Et un Pho avec des rouleaux de printemps pour monsieur? demande le fils Tranh en faisant un clin d'œil à Benoît.

— Accompagné d'une bière Hué. Et vous, Françoise?»

Se tournant vers le serveur, il enchaîne:

«Madame est la plus grande journaliste au Québec, explique-t-il.

— Il ne faut rien exagérer, répond Françoise. Je prendrai du thé chinois, s'il vous plaît.

— Je vous avais reconnue, madame Mercier. Je suis très heureux que Benoît ait eu la bonne idée de vous inviter chez nous...»

Michel Tranh tourne les talons et les laisse à leur conversation.

«Et si on revenait à nos moutons? suggère Françoise.

— Jo m'a dit que vous souhaitiez faire quelques entrevues avec des clochards. Trois ou quatre, a-t-elle précisé.

— Nous en avons repéré quelques-uns. Je voudrais d'abord que vous me disiez s'ils accepteraient de me rencontrer.

— Et si c'était le cas, ça ne veut pas dire qu'ils seraient capables de vous tenir un discours suffisamment cohérent.

— C'est un peu le genre de collaboration que je souhaite. Nous pouvons faire une sélection et, si vous le voulez, vous pouvez même participer à la préparation des entrevues.»

Elle sent qu'elle vient de gagner un point important.

«C'est sans doute une bonne idée. Et... ça ne me déplairait pas de voir comment ça se passe dans le merveilleux monde de l'information. J'avoue que j'entretiens quelques préjugés à l'égard des membres de votre corporation.

— Ah oui! Et pourquoi donc? Vous en connaissez beaucoup? Une petite amie qui vous a laissé tomber?»

Elle regrette immédiatement cette malice.

«Pardonnez-moi, je voulais juste plaisanter.

— Je n'ai pas encore eu le bonheur de partager mon lit avec une de vos collègues, répond-il sans se démon-

ter. Mais je suis encore jeune et plutôt beau gosse...
Non, c'est seulement une impression générale et quelques expériences personnelles d'entrevues mal rendues.
Je vous l'ai dit, c'est tellement peu que cela relève vraiment du préjugé.»

Françoise décide de ne pas insister.

«Vous avez entendu parler de ce clochard qui a été,
dit-on, jockey dans le Kentucky?

— Longtime-No-See?

— Comment? C'est pas un nom, ça!

— C'est le sien. Un nom de cheval de course. Vous
connaissez son histoire?

— Un peu.

— Il est né en Beauce. Il se nomme Ernest Trottier.
Il est sans doute un des plus vieux membres de la communauté des clochards montréalais. On sait qu'il a
quitté sa famille à dix-sept ans. Il a travaillé dans les usi-
nes textiles en Nouvelle-Angleterre où il s'est marié. Sa
femme est décédée en donnant naissance à leur premier
enfant, lequel est mort peu de temps après. À la suite de
ces événements, il est devenu travailleur agricole itinérant, puis a été recruté comme jockey dans le Kentucky.

— Parle-t-il vraiment aux chevaux?

— Bien sûr. Il parle un excellent cheval, même s'il
accroche parfois sur les verbes.

— Vous vous moquez de moi.

— C'est pas une blague! Il communique vraiment
avec les chevaux. Il fait des mouvements de tête et émet
des bruits de gorge et des hennissements que les chevaux semblent comprendre. Un phénomène vraiment
curieux. Les propriétaires de calèches et les cochers ont
le plus grand respect pour ses dons. Il lui arrive de guérir

des animaux que les vétérinaires ont condamnés à l'abattoir.

— On dit qu'il boit du liniment pour les chevaux?

— Avec du jus de raisin. Ça s'appelle un *crazy horse*.

— Jo m'a signalé cette particularité. Je pourrais lui parler?

— Ça m'étonnerait.

— Pourquoi?

— Il ne parle pas. Je veux dire qu'il refuse systématiquement de parler autre chose que le cheval. Si vous voulez l'interviewer, vous êtes mieux de vous y mettre tout de suite...

— Jo ne demanderait pas mieux que de me traiter de "grande jument", fait-elle en s'esclaffant.

— Elle m'a d'ailleurs prévenu que vous preniez facilement le mors aux dents, ajoute Benoît pour pousser le jeu un peu plus loin.

— Le calembour est la fiente de l'esprit qui vole.

— *Dixit* Victor Hugo, rappelle Benoît. Je me souviens de trois ou quatre aphorismes de ce genre. Je me les rappelle à l'occasion pour me conforter quand je suis écœuré. Des choses du genre: "Les premiers seront les derniers" ou "Rien ne sert de courir..." Mais, puisque vous êtes pressée, peut-être vaudrait-il mieux ne pas poursuivre ce badinage.»

Françoise acquiesce de la tête.

«Quand j'ai visionné les *rushs*, j'ai entrevu un autre type adossé au mur d'un immeuble à l'entrée du Vieux-Port. Est-il possible que deux clochards occupent le même territoire?

— Dans la mesure où l'un ne fait pas d'ombre à l'autre... Longtime-No-See ne mendie pas. Nous recevons son chèque de l'aide sociale et lui en remettons une part chaque semaine. Les cochers sont généreux à son égard, et nous savons où il va par mauvais temps.

— Ah oui...

— Il ne saurait être question d'aller filmer son lieu de résidence.

— Pourquoi?

— Il habite dans une écurie. Le propriétaire lui a aménagé une stalle. C'est pas le grand confort, mais au moins il est à l'abri. Longtime-No-See ne sort plus de Montréal. Il est trop vieux.

— Et le type dont je vous ai parlé...

— Je ne vois pas qui ça pourrait être...»

Elle le lui décrit du mieux qu'elle peut.

«Il doit faire environ un mètre quatre-vingts. Il semble plutôt maigre. Il porte une veste de style aviateur en cuir brun, comme la vôtre, et des bottes d'ouvrier. Une barbe grise, très pâle, frisée. Ses cheveux sont tout blancs et lui tombent sur les épaules. Il doit avoir les yeux bleus et une petite cicatrice sous le menton.

— Vous possédez un sens de l'observation pas ordinaire.»

Françoise se rend compte qu'elle est en train de tracer le portrait de Luc Genois.

«Euh... un souvenir qui s'est superposé à ce que j'ai retenu de ce type. Rien qu'un souvenir.»

Elle ne peut cacher son trouble et constate qu'il n'a pas, non plus, échappé au travailleur social.

«Je ne vois pas...»

Il fait visiblement un effort pour identifier un clochard correspondant au portrait fait par Françoise.

«Attendez! À moins que ce ne soit... Oui, ça ne peut être que lui.»

Michel Tranh apporte les plats. Benoît en profite pour aller aux toilettes.

La journaliste se sent soudainement bien seule. Les gens mangent et discutent autour d'elle. Elle a l'impression d'être devenue invisible. Elle capte des bribes de conversation: «... et je lui ai dit qu'il ne me faisait pas peur...», affirme une voix de femme. «Je suis bien décidée à partir...», poursuit la même voix. «Tu te répètes, ma pauvre fille», rétorque une autre voix féminine sur un ton persifleur. «J'pense que t'aimes ça manger des tapes sur la gueule.» «Il doit avoir toute une queue, ton mec. Et il doit savoir s'en servir...» insinue une autre. La conversation se perd dans un concert de gloussements. Il doit s'agir de la petite blonde un peu boulotte et sur-maquillée qui est assise à droite, en compagnie de deux autres filles.

Elle ferme les yeux et laisse la rumeur ambiante l'envahir. Les voix se mêlent aux bruits des ustensiles et du va-et-vient du personnel. Des odeurs de friture et d'épices orientales lui montent aux narines.

Elle se souvient. Ils avaient l'habitude de fréquenter un petit restaurant chinois semblable à celui-ci, rue Roy. Luc commandait toujours le poulet du général Tao, des nouilles frites et cette horrible soupe piquante, ce brouet innommable qui lui faisait lever le cœur rien qu'à le regarder. Il buvait du saké et elle un verre de chablis. Comment faisait-il pour manger avec ces longues baguettes? Elle n'avait jamais réussi à s'en servir convenablement, ce qui le faisait rigoler. Elle n'aimait pas son haleine quand il bouffait de la cuisine chinoise.

Elle ouvre les yeux, lentement, comme si elle craignait que la réalité qui l'entoure ne soit que virtuelle. Un personnage un peu flou se matérialise. Elle ne l'a pas entendu revenir. Benoît la regarde d'un drôle d'air.

«Quelque chose qui ne va pas? Vous savez, je vous avais imaginé plus... comment dire?...»

Elle lui adresse ce sourire ingénu qui fait fondre la plupart des types qu'elle connaît.

«Plus grande, peut-être?

— Impressionnante. J'étais très intimidé à l'idée de vous rencontrer.

— Vous dissimulez bien vos émotions...»

Il ne relève pas l'ironie. Elle se sent mieux maintenant.

Ils dégustent la cuisine de Mme Tranh en échangeant des banalités. Elle lui parle de son métier. Il l'entretient du sien. Ils se remémorent des souvenirs d'enfance et font le compte de leurs amis communs. Ils s'étonnent de ne pas s'être rencontrés avant puisqu'ils connaissent tous les deux Jo. Elle comprend que son amie et lui ont sans doute milité dans les mêmes organisations politiques. Conséquemment, elle a longtemps été suspecte et, pendant quelques années particulièrement dogmatiques, considérée comme une ennemie.

«Et le type dont je vous ai parlé? interroge-t-elle tandis qu'il lui verse du thé.

— Ah oui! Si je ne me trompe pas, il s'agit de l'Artiste.

— L'Artiste?...

— On le nomme ainsi parce qu'il a tendance à construire des phrases très imagées. Il peut aussi être des jours sans parler. Il lui arrive de grimper sur un banc ou une chaise et de déclamer des vers. Il dessine des fresques sur le trottoir. Parfois, ce sont des dessins sur-réalistes absolument délirants. Il crée des paysages d'inspiration impressionniste tout à fait remarquables. Je pense que le choix du genre dépend de son état d'âme, de la nature des émotions qui l'assaillent. L'Artiste aurait pu faire carrière. Il est remarquablement doué. On a écrit des articles sur lui.

— Ah oui! s'étonne Françoise.

— L'année dernière, au cours d'un voyage à Nice, j'ai eu la surprise de voir sa photo et celle de Longtime-No-See dans le magazine d'Air Transat. On montrait l'Artiste à l'œuvre sur la place du Vieux-Port. Je possède plusieurs photos de son travail chez moi. Je vous les montrerai si vous voulez... Ce sont des pièces de collection parce que ses dessins disparaissent très vite. Quand il ne les efface pas lui-même, tout simple-ment. Les gens déposent de l'argent sur le trottoir et lui, quand il est à son affaire, ne les regarde même pas. Un type très respecté dans le milieu des clochards. Craint aussi, un peu.

— Craint?

— Oui, craint.

— Pourquoi?

— Sais pas. Il est un peu bagarreur, mais plutôt généreux avec ses confrères. Il partage facilement ses "trésors liquides". Non, je ne vois pas ce qui justifie cette espèce de crainte. En réalité, je crois qu'il est plus respecté que craint.

— Pourquoi?»

Il la regarde avec des yeux rieurs.

«Je pense que mon fils sera journaliste un jour...

— Qu'est-ce qui vous fait soudainement penser à cela? interroge Françoise, amusée par cette rupture dans la cohérence de leur conversation.

— C'est un champion du pourquoi.»

Elle reste un instant la bouche ouverte, interloquée. Cela les fait rire tous les deux.

«Pensez-vous qu'il m'accorderait une entrevue?

— Peut-être.

— J'aimerais vraiment rencontrer ce type.

— Je lui en glisse un mot. Il est très imprévisible, vous savez. Un jour, il est très cohérent et tient un discours fort intéressant, quoique parfois assez ésotérique. Ce sont les jours poésie. En d'autre temps, il ne dit pas un mot. Vraiment impossible de lui arracher une parole. Il regarde devant lui sans rien voir. En fait, il regarde en lui. Ce sont les jours dessin. Il lui arrive aussi, parfois, de s'asseoir tout au bout du Vieux-Port, les jambes pendantes au bout du quai, le regard complètement perdu. Il peut passer la journée comme ça.

— Vous m'appellerez?» demande Françoise en lui tendant sa carte.

Elle ne lui a pas dit «Vous pouvez me joindre à ce numéro». Il y a dans ce «Vous m'appellerez?» comme une invitation que Benoît n'est pas sans noter.

Elle regarde sa montre.

«Dans quelques jours.

— Et je peux vous joindre où?

— Chez moi.»

Il écrit son numéro de téléphone sur un bout de serviette en papier, comme l'avait fait Luc Genois la première fois qu'ils s'étaient rencontrés.

«Je ne vais pas souvent à «la boutique», explique-t-il pour qu'il n'y ait pas de quiproquo. L'autre numéro, c'est celui de ma *pagette*.

— Bien sûr, fait-elle en se levant et en lui adressant un sourire moqueur plein de sous-entendus.

— Je reste encore un peu. Il faut que je parle à Michel Tranh. Je prépare un voyage au Viêtnam. Je m'occupe de l'addition, la prochaine fois, ce sera votre tour.»

Il lui rend son sourire et serre la main qu'elle lui tend. «Une femme intéressante. Qu'est-ce qui peut bien la tracasser?» Il la regarde s'éloigner. «Elle est décidément plus accessible que je ne le croyais.» Il se dit aussi qu'elle a de belles jambes et qu'il aura plaisir à la revoir.

IV

L'Artiste dessine des courbes gracieuses et des droi-
tes précises sur le pavé sec. Il trace de larges lignes avec
des craies de différentes couleurs qu'il coince entre le
pouce et l'index. Son matériel tient dans une boîte de
havanes qu'il a déposée à sa droite, sur le pavé. Une cin-
quantaine de personnes forment cercle autour de lui et
l'observent en silence. L'Artiste semble ne pas les voir. Il
travaille avec toute sa main. Ses doigts sont des pin-
ceaux plus ou moins larges, selon la manière dont il les
utilise: serrés pour former une spatule qui répand les
jaunes, écartés en une patte d'oiseau qui griffe les rouges, regroupés en un large blaireau qui brosse les verts et
les bleus. Il étale la poudre de craie avec la paume, avec
les jointures, avec le bout des doigts, avec le tranchant
de la main, avec le poing. Sa main est une palette de
couleurs, un outil polymorphe d'où naît un univers
imprévisible.

Il travaille rapidement, comme s'il voyait la trame
de son œuvre en arrière-fond dans l'asphalte tiède. Son
travail progresse à un rythme rapide. Aucune hésitation
dans le geste, et cette assurance, visiblement, fascine les
badauds. Il penche la tête à gauche, puis à droite, recule

pour changer son angle de vision, modifier sa perspective. Puis, sans motif apparent, il s'accroupit, les bras mollement appuyés sur les genoux. Il garde cette posture de longues minutes, comme s'il attendait la visite de la muse inconnue qui préside à son destin. L'Artiste ignore la foule qui l'observe et les gens respectent son silence, comme s'ils étaient partie du mystérieux rituel de création auquel ils ont le privilège d'assister.

Françoise ne le quitte pas des yeux, fascinée par son étrangeté et par l'impression de légèreté qui se dégage de lui. L'homme est maigre et très souple. Il porte un jean bleu, une chemise en denim noire et des bottes de cow-boy brunes. Une veste de cuir, usée, traîne sur le trottoir et dissimule mal un petit fourre-tout en toile. Sa barbe est fournie et frisée. Sa longue chevelure blanche cascade sur ses épaules. Ses yeux gris acier s'enfoncent profondément dans leurs orbites.

Françoise a déjà vu des yeux semblables chez le frère schizophrène d'une amie. Des yeux qui peuvent parfois sembler scruter la profondeur de quelque gouffre intérieur, ou encore contempler, au-delà de l'apparence des choses, de l'autre côté du réel, des univers étranges, habités par des créatures de cauchemar. Ce regard fou est aussi celui de Luc Genois quand il avait bu plus que de raison.

L'Artiste bouge avec une grâce et une prudence un peu fauves, comme si le monde autour de lui constituait une menace potentielle. Parfois, il se gratte le menton ou le crâne, et les couleurs s'accrochent à sa barbe et à ses cheveux, ce qui le rend plus étrange encore. D'instinct, la foule ne franchit pas un certain périmètre. Le lui a-t-elle concédé? L'a-t-il imposé? Françoise opte pour la seconde hypothèse.

Le travail de l'Artiste prend forme. Il peint de plus en plus vite. Parfois, ses mouvements sont doux, délicats, presque retenus. Puis, il dilue les couleurs avec fougue, frappant même l'asphalte du poing comme s'il voulait les enfouir dans le bitume. Des formes apparaissent. Elles semblent flotter sur une mer rougeâtre d'où émergent des pics noirs. D'étranges méduses bleues, des poissons-chiens jaunes, des lézards volants verts et d'autres créatures improbables nagent dans cette mer vermeille, où naît progressivement une île tourmaline.

L'Artiste travaille maintenant très vite, comme s'il avait perdu trop de temps, comme s'il ressentait l'urgence d'en finir avec ces choses et ces êtres qui lui peuplent le cerveau. L'île prend forme. Un visage. Elle connaît ce visage. Cette île porte un nom: Julie! Comment, par quel curieux hasard, cet homme en est-il arrivé à imaginer le visage de sa fille? Ça ne peut être qu'elle. Des lacs aux eaux pâles comme les yeux de Julie forment des cratères jumeaux au centre de l'île. Les lèvres roses de Julie dessinent la courbe d'une plage. Le nez de Julie trace l'arête d'une montagne qui traverse la moitié de l'île-visage, et ses cheveux noirs tombent en falaises et en récifs jusque dans la mer.

L'Artiste se lève, fait lentement le tour de son œuvre. Puis, son regard se porte sur les gens qui l'observent. Il semble à Françoise qu'il s'attarde sur elle. Une sensation furtive, comme une légère caresse des yeux. Elle voudrait que cela dure plus longtemps. Elle voudrait plonger dans ce regard, voir ce qui se cache tout au fond de ces orbites profondes, de ces trous noirs où semblent s'entrechoquer d'intenses émotions. Quelques badauds applaudissent, d'autres déposent des pièces de un ou de deux dollars, des poignées de monnaie ou des billets autour de l'œuvre. Il ignore tant ces admirateurs impromptus que leur obole.

Et la pluie se met à tomber, doucement d'abord, puis, sans prévenir, à verse.

Sans un mot, l'Artiste ramasse ses affaires, fourre sa boîte de craies dans son sac et, la tête haute, s'éloigne lentement, en marmonnant et en faisant de larges gestes de la main gauche.

Françoise s'apprête à lui emboîter le pas quand un type qu'elle ne connaît pas vient cueillir les quelque vingt dollars que l'Artiste a superbement ignorés. «C'est pas à vous!» dit-elle instinctivement. L'homme la regarde comme si elle était une anomalie dans l'ordre naturel des choses. «J'suis son comptable», rétorque-t-il, et, sans plus s'occuper d'elle, enfouit l'argent dans sa poche avant de s'éclipser.

L'Artiste a disparu. Elle aurait voulu lui parler. Savoir d'où il vient, ce qu'il fait, où il vit. Elle veut partir à sa recherche, mais se rend compte que c'est peine perdue. Elle est maintenant trempée à l'os. Françoise s'aperçoit qu'elle est seule sur ce trottoir et que des rigoles arc-en-ciel se frayent un passage entre ses jambes.

*   *

*

Si Jo n'avait pas tant insisté, Françoise serait restée chez elle. Se laisser tremper dans une eau très chaude et parfumée, un bon livre, voilà qui correspond davantage à son humeur. D'autant que Julie rentrera peut-être à la maison et qu'elles pourraient peut-être... «C'est Julie, je m'en vais à Québec avec des amis. Je reviens dans trois jours.» «Un message brutal par sa brièveté, mais, au moins, un message, pense Françoise. Dieu bénisse les répondeurs téléphoniques!»

«Juste une petite fête entre amis. Une huitaine de personnes, pas plus. Je n'aurai pas quarante ans tous les jours. Je ne veux pas amorcer la deuxième étape de ma vie sans souligner l'événement! Imagine! Je me coucherai toute seule dans mon grand lit froid et, quand minuit sonnera à la grande horloge, quand je commencerai à débouler l'autre face de la montagne, je me retrouverai comme au jour de ma naissance, seule face à la vie. Autant crever!»

Jo maîtrise l'art de l'hyperbole et de la dramatisation comme pas une.

«Je ne savais pas que Denis et toi faisiez chambre à part?

— Tu n'as aucun sens dramatique. Tu descends en droite ligne d'une banquise.

— C'est ça. Ma mère s'est fait violer par une Zamboni.

— Très drôle.

— Mais, c'est toi qui...

— Sais-tu quoi?»

Elle comprend à son air que Françoise ne sait pas.

«Les gars seront aux fourneaux. Sous la direction du chef Denis, cela va de soi. Je me suis préparé un menu, ma chère. Hum!

— Denis te mitonne depuis que tu as mis le grappin sur lui. Pauvre type! S'il savait vraiment à qui il a affaire...

— Mais il est payé de retour, je te signale, dit l'amie de la journaliste, l'œil coquin. Alors, tu viens?

— Si c'est Denis qui fait la bouffe...»

Le compagnon de Jo est cuisinier dans un des bons petits restos de Montréal. Françoise sait ce dont il est capable. Et si Jo lui a commandé quelque extravagance, elle veut bien voir ça, et y goûter aussi, tant qu'à y être.

Jo et Denis habitent le Plateau Mont-Royal, rue Laval. Françoise apprécie le charme de ce vieil immeuble qui a été habilement rénové par un ébéniste d'origine italienne. Le «petit hôtel particulier», comme le dit avec affectation Jo, possède un cachet certain. Est-ce à cause de sa tourelle et de ses deux lucarnes? Une porte cochère ouvre sur une petite cour magnifiquement paysagée. Françoise s'y arrête, comme elle le fait chaque fois. Les belles-de-jour et les lys ont fait leur temps. Elle regrette l'odeur enivrante du lys Mona-Lisa, selon elle la fleur la plus voluptueuse, la plus odorante de la création. Elle caresse deux petites roses blanches. Une grenouille en cuivre crache un jet d'eau dans un grand bénitier en pierre ponce où nagent deux fleurs de nymphéa pourpres, sans doute les dernières de la saison, pense Françoise.

Les archives de la ville indiquent que l'immeuble a été construit au début du siècle. Résidence d'un commerçant de fruits et légumes, puis d'un jeune notaire. Il a ensuite été transformé en logement ouvrier où se sont entassées, à chacun de ses trois étages, autant de personnes qu'il en faut pour fonder un village.

L'artisan italien n'a conservé que les murs extérieurs en pierre taillée grise, refaisant complètement l'intérieur ainsi que les frises et les corniches. Un escalier en chêne, travaillé à la main, mène aux étages. Une grande salle à manger et une cuisine occupent tout le rez-de-chaussée. Une large porte-fenêtre donne accès au jardin. Françoise note que «les gars» se sont mis au travail. Roger l'aperçoit et l'invite d'un geste du bras à venir les rejoindre.

Au premier se trouve un confortable séjour, avec un coin bibliothèque, où une large fenêtre en ogive a été découpée, côté cour, pour recevoir un magnifique vitrail récupéré des ruines d'une église anglicane détruite par le feu. «Les filles doivent s'y être réfugiées», pense Françoise. Les deux chambres et un petit bureau, d'où on a une très belle vue sur le mont Royal, ont été aménagés au deuxième.

Françoise est accueillie par Roger qui semble déjà un peu pompette.

«Mais c'est notre graaande journaliste!» fait-il en y mettant une emphase pour le moins suspecte.

Les mâles sont effectivement aux fourneaux. Elle salue Denis qui lui donne un baiser rapide, tout occupé qu'il est à la préparation d'une soupe aux huîtres. Elle connaît Thierry, le musicien, et Roger lui présente Jean-Pierre, «le mari de Yolande» qu'elle a déjà rencontré, mais elle ne se souvient pas dans quelle circonstance. Les deux hommes ont été affectés à des tâches d'aide-cuisinier: Thierry tranche des oignons, les yeux protégés par un masque de plongée, Jean-Pierre prépare un hachis de poivrons rouges, verts et jaunes, d'aubergines et de courgettes.

«Derrière le banc, comme d'habitude, note Françoise à l'intention du réalisateur.

— Je m'occupe du moral des troupes, répond Roger en pointant son verre.

— On ne gagne jamais une guerre, disait Sun Tse. C'est l'ennemi qui la perd.»

Elle lui fait un clin d'œil.

«Je vous laisse à votre alchimie, les gars, lance-t-elle à la cantonade. Les filles avec les filles!»

Les filles devisent aimablement en sirotant un verre de blanquette de Limoux.

«Il y a une bande de pauvres types en bas qui bossent comme des ânes pour satisfaire les caprices d'une grande bourgeoise.»

Jo porte un chemisier en soie que Françoise lui a offert.

«Bien fait pour eux! Ils nous doivent cinquante mille années d'oppression», rappelle Kate en levant son verre pour saluer l'arrivée de la journaliste.

La jolie brunette accompagne Thierry. Saxophoniste dans un orchestre composé uniquement de filles, Les Méchantes Langues, Kate est aussi téléphoniste érotique pour le compte d'une «ligne rose». Françoise aime bien cette fille qui non seulement est bonne musicienne, mais s'acquitte de son autre travail avec un zèle de missionnaire. Au cours d'un souper «entre filles», elle leur a expliqué avec force détails la nature de son travail.

«J'essaie de ne pas tous leur dire la même chose. Certains vivent une solitude épouvantable. D'autres haïssent les femmes. Mes clients viennent de toutes les couches de la société et de tous les groupes d'âge.

— À chacun selon ses besoins! avait commenté Jo.

— Vous n'avez pas idée de la misère sexuelle des hommes, de leur aliénation. Contrairement à nous, ils se condamnent à l'exercice d'une sexualité obligatoirement triomphante. Je bande, donc je suis!

— Je les fais bander, donc je suis moi aussi!» avait logiquement conclu la recherchiste de Mondiacom avec toute l'assurance d'un personnage des *Nuées*.

Françoise fait la bise à chacune.

«Tiens! notre vedette nationale, raille Jo en serrant chaleureusement Françoise entre ses bras.

— Bon quarantième rugissant! insiste Françoise pour donner le change à son amie.

— Salope!

— L'amitié, il n'y a que ça, note Kate.

— Elle ne les paraît pas», dit Yolande, qui se sent obligée de défendre Jo.

Yolande et Jo se sont connues en 1975 à l'entrée de l'usine où Jo allait, chaque semaine, distribuer des tracts appelant à la révolution prolétarienne. Yolande était alors opératrice de machine à coudre et principale militante du syndicat en voie d'organisation chez Jacket Manufacturing. Jean-Pierre était soudeur à la Canadian Vickers. Leurs deux très jeunes enfants fréquentaient la garderie populaire du quartier baptisée par un humoriste local «La couche rouge». Yolande avait été congédiée pour activité syndicale en même temps que deux autres collègues de travail. Du coup, elles avaient été promues héroïnes de la classe ouvrière par le Parti. Elles étaient devenues «les trois de la Jacket» et candidates à de mauvaises blagues dans les milieux syndicaux.

Jo, en bonne agitatrice qu'elle était déjà, avait alors fait un boucan de tous les diables, ameuté le ban des camarades et l'arrière-ban des sympathisants. On avait organisé des manifs, fait signer des pétitions, organisé des conférences de presse pour dénoncer les patrons antisyndicaux et la cruauté capitaliste. On avait organisé un spectacle-bénéfice au sous-sol de l'église Saint-Louis-de-France. Un boycott des produits de la Jacket avait fait long feu. Finalement, la compagnie avait tout simplement fermé ses portes pour aller s'installer au Nouveau-Brunswick, loin du tintamarre «socialo-séparatiste».

Yolande avait fini par adhérer au Parti, au grand déplaisir de Jean-Pierre qui ne pouvait sentir «ces intellectuels qui ne comprennent rien à la condition ouvrière». Le Parti lui avait alors enjoint de divorcer et de se mettre en ménage avec un professeur, chargé de cours à l'Université de Montréal et en voie de prolétarisation accélérée. Yolande avait refusé net. Après un rude combat idéologique, celle que l'on surnommait «la militante à la jaquette» avait eu gain de cause. Elle avait été sélectionnée pour accompagner une mission politique en Chine et au Cambodge à titre de prolétaire de service.

«Je m'occuperai des enfants», avait offert Jo pour casser les objections du mari de Yolande. Jean-Pierre avait refusé catégoriquement. Après avoir cassé la gueule du secrétaire du politburo et s'être endetté de deux mille dollars, il avait kidnappé sa famille et l'avait conduite en exil à Disneyworld. Jo les avait rejoints après son exclusion des rangs du Parti pour déviation féministe et persistance à lire de la littérature réactionnaire, en l'occurrence, *En un combat douteux* de Steinbeck.

«Mais si, elle les paraît! Regardez-moi ces rides! Regardez-moi ces bourrelets!»

Françoise fait mine de pincer la taille de Jo.

«Mais je n'ai pas de culotte de cheval, moi, raille Jo.

— Portes-tu seulement une culotte? la taquine Kate.

— Vous profitez de mon hospitalité pour attaquer mon intégrité. Vous n'êtes que des vipères lubriques et de vieilles peaux jalouses de ma belle jeunesse.

— *De profundis...*» chantent les filles en chœur.

De temps en temps, un des gars vient s'assurer que les filles ne s'ennuient pas mortellement en leur absence. Il repart rassuré sur ce point, mais inquiet de ce fait incontestable qu'elles semblent s'amuser plus que de raison, malgré ce manque. Ce qui n'est pas nécessairement vrai pour toutes.

«Tu ne sembles pas être tout à fait dans ton assiette, glisse Kate à Françoise alors qu'elles dressent la table.

— Une rude journée. Ça paraît tant que ça?

— Un peu.

— Ça ne s'arrange pas avec Julie, hein?

— Jo ferait mieux de fermer sa grande gueule. Mes problèmes familiaux ne sont pas d'intérêt public.

— Te choque pas, Françoise, dit Kate en lui serrant le coude affectueusement. Jo n'y est pour rien, c'est toi-même qui nous en as parlé au restaurant, il y a quelques mois.

— Excuse-moi. C'est sans doute ma ménopause. Je travaille trop.

— Jo m'a parlé de ce reportage sur les clochards.

— J'ai parfois l'impression de vivre dans deux mondes, comme s'il n'y avait pas de continuité entre les deux. Tu n'as pas connu Luc Genois?...

— Non..., je ne crois pas... Parles-tu de...?»

Kate était visiblement prise au dépourvu par cette question inattendue.

«Le Génois, comme le surnommait Jo. J'ai rencontré quelqu'un qui lui ressemble. Un clochard. C'est plutôt troublant.

— J'imagine. Ça m'est déjà arrivé aussi de confondre des personnes tellement la ressemblance était grande.

— Ce n'est pas pareil. C'est moins la ressemblance physique qu'une sensation très intime. Du déjà-senti, comme on dit, du déjà-vu.

— Alors, les filles, ça avance cette table? C'est que nous avons faim, nous, et que la soupe est prête.»

Françoise aurait aimé poursuivre cette conversation avec Kate. Elle en voulut à Jo de l'interrompre si brutalement.

Après le repas, ils visionnent des films d'époque. Denis avait fait le pèlerinage albanais en 1980. Il en avait rapporté un chef-d'œuvre de surréalisme socialiste qu'ils regardent avec un plaisir maso, en se moquant d'eux-mêmes comme si tout cela n'avait été qu'un jeu. Ils ont voulu changer le monde, mais la réalité a été plus têtue que leur rêve. Ils exorcisent leur déroute dans la dérision et dans ce cynisme bon enfant produit par les consciences qui s'amollissent. Leur jeunesse défile sur un mur blanc et ce qu'ils voient les remplit de nostalgie. Tous ces camarades ont troqué la faucille et le marteau pour des outils plus productifs. Ils ressentent un certain malaise devant ces images d'une époque révolue qui leur rappelle que «le rêve est une hypothèse, puisque nous ne le connaissons jamais que par le souvenir». Mais aucun d'eux ne connaît Valéry si ce n'est Roger qui l'a étudié chez les jésuites. Ils s'écoutent gueuler et ont l'impression d'entendre leurs vingt ans faire le procès de leur âge mûr.

Roger a apporté un montage vidéo couvrant dix ans de leur vie: la cuvée 75-85. Un document d'archives et le cadeau qu'il offre à Jo pour son anniversaire. Le réalisateur a filmé des réunions politiques, des fêtes à la campagne, des déjeuners sur l'herbe, une soirée électorale triomphale au centre Paul-Sauvé, une nuit référendaire désespérante au même endroit, un symposium de sculpture au Lac-Saint-Jean, le lancement d'un livre, une escapade dans Charlevoix. Ils regardent ces images en silence, presque avec recueillement. Et, tandis que Ferré chante *Vingt ans*, Luc Genois sourit tout en haut d'un échafaudage bancal d'où il sculpte au chalumeau des poutres d'acier. Jo et Françoise, à qui la grossesse avancée donne l'allure d'un canard maladroit, essaient de convaincre Julie de regarder la caméra alors que Julie porte plutôt son regard vers l'impressionnante silhouette de son père qui a rabattu son masque de soudeur, revêtu des gants d'amiante et qui fait jaillir d'énormes gerbes d'étincelles.

«Rien ne change, si ce n'est nous-mêmes», philosophe Roger.

Ils ne se rendent pas compte que Françoise pleure en silence.

V

La soirée s'est terminée un peu tristement. Roger a finalement bu plus que de raison, se sentant responsable de la peine infligée à Françoise. «Je suis infâme!» beugle-t-il dans les oreilles des gars, tandis que les filles tentent de consoler Françoise. Prétextant un souper de famille le lendemain, Yolande et Jean-Pierre se sont éclipsés relativement tôt, vers onze heures. De toute façon, ils ne se sentent pas vraiment à l'aise avec ce groupe et n'eût été Jo, ils n'auraient pas été là.

«Écoute, Roger, c'est pas ta faute si ce type-là réveille toujours en moi des souvenirs douloureux.

— Françoise a raison, ajoute Kate. Tu te sens toujours responsable de la peine des autres.

— C'est un très beau cadeau, Roger. Il faut que tu nous aimes beaucoup pour y avoir pensé.»

Roger lève sur Jo un œil rougi par l'alcool et les larmes.

«Je suis infâââme!

— Mais non, Roger, tu bois trop, c'est tout», conclut Denis, mettant ainsi un terme à la soirée et à l'entreprise d'autoflagellation du réalisateur.

Thierry et Kate ont finalement raccompagné Roger chez lui, vers deux heures du matin. «Je couche ici», a décidé Françoise, sachant que son fils passe la nuit chez un ami et que Julie ne rentrera pas.

«Bien dormi?»

Jo est visiblement levée depuis quelque temps.

«Quelle heure?

— Dix heures. L'heure du brunch.

— Comme une bûche. J'étais épuisée.»

Jo a disposé deux couverts sur la table de la salle à manger, des demi-pamplemousses, un panier de croissants frais, des œufs à la coque, du *prosciutto* et une cafetière.

«T'es sûre que ça va? insiste l'amie de Françoise en versant du café dans chacune des tasses.

— Aussi bien qu'on peut aller après avoir trop bu la veille.»

Il y a des silences nécessaires. Des intermèdes obligés qui agissent comme un aiguillage dans l'enchevêtrement des pensées. Françoise accepte le café et, fidèle à son habitude lorsqu'elle dort chez Jo, vient s'appuyer au chambranle de la porte-fenêtre d'où s'offre à elle le spectacle pacifiant du jardinet. Le chat quête sa ration d'affection. Françoise lui accorde un câlin. Le soleil du matin se fraye un chemin entre les branches des érables et caresse doucement les dernières fleurs. Une compagnie de moineaux s'ébattent dans le bassin.

Elle revient vers la salle à manger et s'arrête devant un assemblage hétéroclite de métal et de fils de cuivre que Luc a offert à Jo pour son anniversaire, l'année de sa disparition.

La sculpture est placée dans un coin, posée sur un pilier en marbre rose que Denis a récupéré dans un édifice voué à la démolition. Françoise hésite un instant, puis en suit les aspérités du doigt. Elle se souvient du commentaire assassin qu'elle avait alors formulé: «Tu ne vas pas lui donner ça!» Luc Genois l'avait regardée droit dans les yeux avec, au fond des prunelles, toute la tristesse du monde. Il lui avait tourné le dos et était parti sans rien dire.

Ce n'était pas la première fois qu'elle lui décochait un tel coup de griffes. Leurs relations achevaient de se consumer sur le bûcher de l'habitude, des intérêts divergents et de ce mépris qu'elle affiche trop facilement. Françoise travaillait à Radio-Canada et voyageait beaucoup. Son cercle d'amis s'était élargi et elle connaissait des succès professionnels remarquables. Elle fréquentait des milieux branchés et soupait plus souvent à L'Express que chez elle où une gardienne à plein temps s'occupait des enfants.

Luc Genois pratiquait son art avec un succès très aléatoire. Il buvait de façon immodérée. Il ne possédait rien. L'aide sociale lui avait été refusée à cause des revenus de sa conjointe. Il avait bien obtenu une petite bourse du ministère de la Culture, mais celle-ci avait été rapidement investie dans la colocation d'un atelier où il s'enfermait pendant des jours.

Françoise ne faisait plus mystère de sa relation avec le propriétaire d'une micro-brasserie qui gérait aussi les affaires de quelques artistes québécois et français. À la demande de Françoise, le type avait acheté trois œuvres de Luc Genois, dont une, passablement imposante, est exposée en permanence dans le hall du siège social de son entreprise, à Saint-Sauveur.

Leur dernière année avait été pénible à tous égards. Elle le voyait s'assécher, se détériorer, se réfugier dans le silence. Il buvait de plus en plus, sauf, apparemment, quand il venait à la maison, quelques jours chaque semaine, quand elle-même était absente.

Il s'occupait de Julie et de Jacques, les emmenait à son atelier pour qu'ils le voient travailler. Ils allaient manger chez McDonald's ou il leur préparait des nouilles au fromage. Parfois, il les emmenait chez le Chinois. Julie adore l'immonde soupe pékinoise qui fait vomir sa mère.

L'avant-veille de sa disparition, Luc est sorti avec Julie. Seulement elle. Ils sont allés visionner un film de Disney, puis il lui a acheté une jolie robe dans une boutique de la rue Laurier. Ils ont soupé dans le quartier chinois et parlé de choses que Julie s'est toujours refusée à divulguer. C'est le grand secret qui existe entre Françoise et sa fille, la cause de bien des difficultés.

Luc s'était procuré un chien à la SPCA, un labrador que les enfants avaient baptisé Bodum parce que ce mot les faisait rire, et une chatte, Frisette, qui mettait des chatons au monde avec la régularité d'une lapine. Les enfants partageaient l'intimité des autres artistes qui venaient à l'atelier. Ils connaissaient aussi l'une ou l'autre fille qui partageait occasionnellement le lit de leur père, dans une espèce d'alcôve aménagée sur une plate-forme qui surplombe l'espace de travail.

«Si tu continues à la regarder, tu finiras par l'apprécier.»

Presque une méchanceté. Jo est sans pitié pour ceux qu'elle aime et ceux-là lui pardonnent ses traits spontanés.

«C'est une jolie chose. Je crois sentir ses doigts sur le métal. Je crois que j'étais jalouse.

— Jalouse?

— Vous avez couché ensemble? Je me trompe?

— Viens t'asseoir, ma noire, je pense qu'on a intérêt à se parler.»

Quand elle le veut, Jo peut être sérieuse comme une «Révérende Mère». Ce qualificatif lui a été décerné par Roger et a été repris par les personnes qui travaillent avec elle. Une requête ou une décision de la «Révérende» est irrévocable. On s'y plie, parfois en maugréant, mais toujours avec la certitude que c'est important. Françoise se sert un autre café et obtempère.

«Je l'ai connu avant toi, au début des années soixante-dix, si ma mémoire est bonne. Probablement en 1971, parce que c'était après l'invasion du Québec par l'armée canadienne. Il étudiait l'histoire de l'art et je perdais mon temps en animation culturelle. Toutes les filles l'avaient dans leur collimateur, même moi qui étais déjà en amour avec qui tu sais.

Françoise se souvient que son amie était alors éprise d'un professeur de sciences politiques qui avait fait la révolution avec la bande à Cohn-Bendit en 1968 et étudié avec Marcuse à Berkeley. Elle mouillait juste à entendre polémiquer le Pol Pot local et reconnaissait comme une victoire politique le fait qu'il accepte de l'accueillir dans son lit.

«Je ne m'intéresse pas à la politique, c'est de la merde», affirmait Luc Genois. Il était d'un naturel taciturne et ne se plaisait pas en la compagnie d'un trop grand nombre de personnes. Mais les gens, les filles surtout, se sentaient attirés par ce gaillard aux yeux gris, au corps souple, à l'allure un peu fauve qui ne demandait jamais rien à personne et qui ne faisait aucun effort pour se lier d'amitié avec qui que ce soit.

«Je me souviens de ce temps-là. Luc fabriquait des objets en cuir qu'il vendait à l'université.

— Et, à l'occasion, il collaborait avec une coopérative de travail qui regroupait des artistes muralistes.

— Nous étions tous jeunes et fous, fait Jo dans un soupir.

— Et peut-être plus heureux? suggère Françoise.

— Moi et... comment l'appeliez-vous alors?

— Pol Pot.

— Ça n'a pas duré longtemps.

— Étant donné ton caractère, le contraire aurait été étonnant. D'autant plus que Pol Pot avait découvert que ses intérêts étaient beaucoup mieux servis lorsque conjugués au masculin pluriel.

— C'est ça, oserais-tu prétendre que je suis une méchante fée qui transforme les mecs en pédés?»

Une blague récurrente qui suivrait sans doute Jo jusqu'à son dernier soupir.

«Je connaissais Luc avant que Roger te le présente. Mais sans plus. Je pense qu'il m'intimidait.

— Faut croire que tu as vraiment deux personnalités, ironise Françoise.

— J'étais jeune et sans expérience, sinon, je te l'aurais chipé sans difficulté.»

Luc Genois avait connu Roger à une réunion du Mouvement de défense des prisonniers politiques. Ce dernier travaillait déjà à la salle des nouvelles de Radio-Canada et terminait une maîtrise en sociologie de la communication.

«C'est Roger qui me l'a présenté.

— Il t'a fait visiter son plumard en moins de deux. Et tu prétends que je suis une fille facile!

— J'avais la ligne juste», rétorque Françoise.

Jo lui tire la langue.

«C'était le 1er mai, Avenida de la Libertad, devant le quartier général du Parti des travailleurs. Je musardais. Tu photographiais des chars allégoriques aux couleurs de différents groupes populaires lisboètes.

— Difficile de ne pas m'en souvenir. Tu voyageais seule. Pour Luc et moi, c'était une sorte de voyage de réconciliation après des mois pénibles. Je me rappelle que c'est lui qui t'a reconnue. Le soir même, nous mangions ensemble. Je me souviens même du nom du restaurant: le Capo Verde. Nous avions été ennemies. Nous sommes devenues amies et tu nous as accompagnés pendant presque une semaine. Tu n'étais pas très heureuse à l'époque, je pense que tu étais en froid avec tes amis.

— On m'avait exclue du Parti pour les motifs que tu sais. Je n'avais pas d'amis, à part Yolande. J'étais complètement écœurée et j'avais besoin de changer d'air. Tu te souviens, à Coimbra?

— Si je m'en souviens? J'ai été alitée pendant trois jours: la *turista*.

— Eh bien, pendant que tu te soignais, je me faisais ton Luc dans le parc municipal. Tu sais, là où on a creusé une demi-douzaine d'alcôves végétales dans une énorme haie?»

Françoise reçoit cet aveu moins avec indignation qu'avec tristesse. Comme si elle l'avait toujours su et qu'elle avait préféré refouler cette certitude.

«Pourquoi me révéler ça aujourd'hui?»

Elle est surprise de s'entendre poser cette question d'un ton si posé.

«Parce que je pense qu'il est important que tu le saches maintenant.

— C'est drôle, je ne t'en veux même pas. Si je vous avais pris en flagrant délit, je t'aurais probablement arraché les yeux et j'aurais jeté ton foie au cochon.

— Ça n'allait déjà plus très fort entre vous. Je l'ai senti tout de suite. J'ai aussi senti combien Luc était malheureux. Il t'aimait, tu sais?

— Je l'aimais aussi!

— À ta manière, sans doute. Tu n'arrêtais pas de le picosser. C'était parfois très subtil et, à mon avis, d'autant plus méchant. Souvent, c'était tout à fait gratuit.

— S'il m'aimait, pourquoi m'aurait-il...?

— Trompée? Françoise, ma chérie, on est trop vieilles pour utiliser de pareils clichés. Trompée! Ce n'était pas ta chose. Tu trichais tout autant en entretenant la fiction de votre couple. Es-tu capable de me jurer que tu ne baisais pas avec d'autres que lui à l'époque?»

Elle fait une pause.

«Ah, tu vois! Si tu savais combien je peux être vache des fois! J'avais envie de ce type-là depuis l'université. L'histoire a voulu que ce soit toi qui en hérites. Si je n'avais pas senti que ça n'allait pas entre vous deux, je ne l'aurais pas agacé comme je l'ai fait. C'est tout juste si je ne l'ai pas violé. Un *quick trick*. Une petite "passe" rapide sans conséquence.

— Jo, je t'aime! Tu n'as aucune pudeur. Aucun sens moral. Je suis convaincue que tu as baisé avec Luc par pure générosité, comme si tu administrais un tonique à un anémique.»

Jo ignore l'ironie.

«Il était très malheureux. Ça, c'est sûr. Je pense qu'il ne savait plus tellement comment te prendre. Il ressentait vivement cette espèce de mépris à son égard que tu exprimais, je pense, sans même t'en rendre compte.

— Je souhaitais que ce voyage au Portugal arrange les choses...

— Harlequinade! Vos relations s'étaient trop détériorées. Vous surfiez sur du "vieux gagné" et la vague n'était pas très haute. Certaines blessures ne se cicatrisent jamais tout à fait. Luc était un type anxieux. Il ressentait un énorme besoin d'être encouragé, stimulé, apprécié. Ta réussite professionnelle a été presque instantanée, la sienne, lente et précaire. Ce type avait ses défauts, mais il était généreux. Je suis convaincue que, malgré ce que certains peuvent en penser et malgré la réputation qu'on lui a faite, il n'avait pas une mentalité de gigolo et souffrait de se sentir entretenu. Tu te souviens combien il détestait les mondanités auxquelles il se sentait obligé de s'astreindre pour te faire plaisir?

— Il n'y était pas obligé.

— Quand tu aimes quelqu'un, les choses ne sont pas si faciles... Et l'idée de te faire fabriquer un bébé sans lui en parler n'était pas non plus très brillante, ajoute Jo, moins comme un reproche que comme le point d'orgue de cette conversation. Remarque, poursuit-elle comme pour émousser la flèche, que, personnellement, j'en suis ravie. Jacquot est de loin mon mâle favori.»

Françoise se lève pour se détendre un peu. Elle se sent soudain très lasse. Ainsi Luc et Jo avaient... Cette idée l'avait effleurée. Avaient-ils continué de se voir? Ce doute s'insinue dans sa tête avec sa charge de poison.

«Tu sais, ç'a été la seule et unique fois... précise Jo, comme si elle lisait les pensées de son amie. Je ne dirais pas que je ne l'ai pas regretté, mais je t'assure que ç'a été la seule et unique fois.»

Françoise sent les larmes lui monter aux yeux. Elle se retourne lentement et esquisse un sourire. Elle se souvient que Jo les avait quittés le lendemain pour poursuivre ce voyage seule. Elle se souvient aussi des journées de rêve dans l'inoubliable parc de Bucaçao, où ils ont couché dans un château surréaliste, et où elle s'est remise de cette dysenterie qui risquait de lui gâcher complètement le voyage. Luc avait insisté pour l'y emmener, malgré le coût prohibitif de la suite qu'ils ont occupée.

Elle se souvient aussi de ce bonheur intense, presque insoutenable, qu'ils ont connu à contempler l'énorme lune rousse qui flottait au-dessus de la plaine, mille mètres en contrebas des hauteurs de Marvão. Ils se sont aimés maladroitement sous le regard du scieur de bois qui habite le satellite de la Terre. Ils se sont aimés avec un sentiment d'urgence au ventre, comme des adolescents pressés, avides de découvrir les splendeurs du corps de l'autre.

Les souvenirs défilent dans sa tête. Evora. Une chambre toute blanche, toute ronde, immense, dans un ancien palais mauresque, juste à côté de la magnifique cathédrale. Lagos. Ils se sont liés d'amitié avec un couple d'écrivains qui logent dans la chambre voisine, Casa de S. Gonçalo. Cette halte d'une journée s'est transformée en un agréable séjour de trois jours. Ils ont loué une petite barque et les services de son capitaine pour visiter les fabuleuses formations rocheuses et les incroyables cavernes creusées dans la falaise par la puissance du ressac. Ils ont marché dans les rues de la vieille ville, mangé dans de petits restaurants animés, discuté jusque tard dans la nuit d'art, de littérature et des affaires du monde.

Et comment oublier ce petit fortin du bout de l'univers, Cao São Vicente, où ils se sont retrouvés seuls comme s'ils avaient été les derniers survivants d'une espèce accidentelle, improbable, anachronique, dans la grande ordonnance de l'univers?

Ils ont fait l'amour avec cette retenue qui, elle le comprend maintenant, correspondait sans doute au stade ultime du dérèglement des sentiments. Se peut-il que Luc Genois ait décidé de mourir cette nuit-là? Se peut-il qu'il n'ait jamais été si seul que dans ses bras, au bout du monde, à Cao São Vicente? Et la stridence du vent et le bruit des vagues monstrueuses qui venaient se briser à leurs pieds résonnent encore dans sa tête.

«Je me rendais bien compte que ça n'allait plus entre nous. Ce voyage était sans doute une manière de m'en assurer.

— Et tu en es revenue encore plus confuse.

— Je ne sais pas. Mes sentiments pour Luc ont sans doute toujours été un peu en dents de scie. Le mystère Luc Genois... Et cette sensualité si rare chez les hommes. Ce type n'a même pas fait un effort pour me séduire. Il m'a cueillie comme un fruit mûr. J'avais des crampes dans le ventre rien qu'à le regarder quand il travaillait le cuir ou quand il peignait. Je pouvais rester assise des heures à l'observer. Il touchait la toile comme il faisait l'amour, délicatement, du bout des doigts. Parfois, il frôlait la frontière de la brutalité, comme si, ne parvenant pas à ajuster son corps au registre de ses émotions, il sentait le besoin de s'exprimer par la rudesse des gestes. Je l'ai vu frapper sa toile, la griffer, la projeter contre le mur.

— Il ne...?

— Jamais. Plutôt que de s'en prendre à moi, il s'en prenait à lui-même: il buvait et devenait querelleur. À quelques occasions, il est rentré la chemise déchirée, le visage tuméfié, des bleus partout. Un chat de ruelle.

— Je l'ai déjà vu s'en prendre à un critique, confirme Jo. Le pauvre type doit sûrement en faire encore des cauchemars.

— Faut dire qu'il l'avait cherché, commente Françoise qui se souvient de l'incident. Le type l'avait traité de "pseudo-artiste alcoolique et entretenu". Si Luc ne lui avait pas cassé la gueule, je crois qu'un autre s'en serait chargé.

— En tout cas, ça l'a ramolli. Il est devenu fonctionnaire au Conseil des Arts du Canada.

— Bien fait pour lui.»

Jo met le chat dehors et laisse la porte-fenêtre ouverte. Les oiseaux piaillent dans les branches et leur querelle étouffe presque le murmure de la ville.

«Tu me crois quand je te dis que je n'ai pas été la maîtresse de Luc Genois?

— Bien sûr que je te crois, la rassure Françoise. Je pense que tu n'aurais pas pu vivre avec un aussi gros secret jusqu'à ce jour. Une petite fois, pour se rendre mutuellement service, ça va.»

Elle n'en veut pas vraiment à Jo de lui avoir avoué sa brève aventure avec Luc. «À la limite, nous aurions pu faire ça à trois», admet-elle en esquissant un sourire un peu pervers. Il lui est arrivé de tenter de séduire les *chums* de ses amies, et de réussir à l'occasion. Elle n'a, en matière de morale sexuelle, de leçon à donner à personne.

«Tu l'aimes encore?

— Je le porte encore en moi. Il ne m'a pas encore quittée. Je ne connais pas de meilleure façon d'exprimer ce que je ressens. Parfois, j'ai l'impression qu'il n'est pas mort, qu'il s'est tout simplement dissous dans l'air.

— Et s'il était toujours vivant? Après tout, on n'a jamais retrouvé son corps.

— Cette incertitude m'a hantée longtemps et me hante encore, parfois. Davantage depuis que...

— Depuis que...?

— Rien. Je veux tout simplement dire que ça dépend de mon état de fatigue mentale.»

Cette réponse ne convainc visiblement pas Jo.

«Si quelque chose te tracassait, tu me le dirais, hein?

— À qui d'autre pourrais-je me confier, l'assure Françoise dans un demi-sourire un peu las. À part les ennuis que me cause Julie, tout va aussi bien que ça peut aller quand on mène la vie dissolue que je mène.

— Elle t'en fait baver tant que ça!

— Nous ne nous voyons presque plus. Elle passe la moitié de son temps ailleurs, je ne sais pas où.

— À dix-sept ans, tu t'envoyais déjà en l'air avec ton *pusher*.

— Julie n'est pas obligée de suivre les traces de sa mère. Et puis, il y a plein de secrets entre nous. Je pense qu'elle est restée très accrochée au souvenir de son père. J'aurais voulu qu'elle consulte un psy. Ta suggestion d'ailleurs. Mais elle m'envoie chier comme si j'étais une moins que rien.

— Ça finira bien par se tasser. Tout finit par s'arranger dans la vie.

— Oui, mais le prix à payer est parfois assez salé.

— Grosse séance de placotage matinal», fait Denis en descendant l'escalier.

Elles ne l'ont pas entendu venir et elles pouffent de rire en le voyant s'approcher d'un pas incertain, en se grattant vigoureusement l'entrejambe.

«Je te présente l'abominable homme du Plateau Mont-Royal, ironise Jo, tandis que Denis vient lui déposer un baiser sur le front. Et il pue de la gueule comme un vieux cheval, ajoute-t-elle en le repoussant ostensiblement.

— T'en veux un aussi?»

Denis s'approche de Françoise.

«Laisse faire! Et il est temps que je pense à y aller, déclare-t-elle en consultant sa montre.

— C'est ça, laisse-moi seule avec ce monstre, dit Jo en minaudant et en jetant un regard en direction de Denis qui s'active dans la cuisinette. Il faut qu'on se reparle de tout ça un de ces jours, chuchote-t-elle tandis que la journaliste se lève.

— Un de ces jours...» répond Françoise, sans plus se compromettre.

VI

Une odeur d'urine, de pizza et de mégots froids. Cinq pièces d'une saleté à faire lever le cœur. Des fresques sur les murs et les plafonds du salon double: pas un centimètre carré qui n'ait échappé aux jets d'aérosol. Ici et là, des personnages obscènes dans des poses toutes plus incongrues les unes que les autres. Du néo Max Ernst, où s'entremêlent des gueules ouvertes sur des cris presque audibles et des fleurs géantes, vivantes, dont les racines touffues plongent dans la riche moiteur de vulves aux lèvres largement ouvertes, comme autant de papillons fuchsia. Des christs, des svastikas, des poings, des hiéroglyphes à tenter l'archéologue, des graffitis provocateurs, souvent racistes, rageusement griffonnés un peu partout. Un langage. Un cri. Un bras d'honneur à la vie.

Sur un mur, une galerie d'affiches: des groupes *heavy metal*, rock, rap, folks; Elvis, Mère Teresa, Adolf Hitler faisant le salut nazi à une mer de jeunes gens impeccablement alignés, un Che sur une civière, un large trou à la base du cou, là où est entrée la balle américaine, un Mao joyeux entouré d'un essaim de gardes rouges, Céline Dion, Pavarotti, Lady D. Sur la porte, un montage iconoclaste: Yitzhak Rabin glissant à l'oreille de Lucien Bouchard: «Méfie-toi!» Autour des deux chefs d'État, des Netanyahou, des rabbins, des Chrétien, des Dion, des Galganov. Des références incongrues. Une fresque à l'intention d'un visiteur de l'an 3000.

Épuisés par une nuit sans sommeil passée à boire, à danser et à fumer de l'herbe, Julie et son compagnon du moment dorment d'un sommeil lourd. Leurs corps dessinent un S dans la relative intimité d'une encoignure. Un saxo dort aussi dans un vieil étui noir qui a sans doute connu des jours meilleurs. Un tambourin est posé dessus. L'homme bouge et elle suit le mouvement.

D'autres formes s'agitent ici et là, dans la pénombre de la pièce, comme autant de chrysalides indécises préférant tester, sous la douce pâleur de la lune, des ailes qui ne supporteraient pas la cruelle sanction du soleil. Dans un coin, en vrac, des sacs à dos et des baise-en-ville: la fortune d'une génération.

Julie ouvre un œil bouffi. Elle se gratte l'avant-bras, là où Jeremy l'a piquée la première fois.

«C'est de la bonne came, bébé. Tu sais bien que je te refilerais pas de la *shit*.

— Ça me fait peur, *man*. Je ne suis pas prête.

— T'as peur que ta môman te chicane, c'est ça? Tu veux rester *straight*? T'as peur? O.K., O.K., le beau Jemy comprend ça. Nous autres, on est ici pour s'éclater», fait-il à l'intention des deux autres filles et d'un individu qui les accompagne.

Julie ne connaît pas ce type qui parle avec un accent russe. Jeremy l'appelle Raspoutine et cela fait rire les filles qui sont avec lui. Ce nom la fait rire aussi. «Raspoutine et crottes de fromage», fredonne l'enfant qui dort en elle. Elle rit et les autres ne savent pas pourquoi. Elle dit à Jeremy ce que suggère à l'enfant le nom du Russe. Il rit de bon cœur et la serre contre lui. Les autres, trop occupés à leurs affaires, ne se soucient pas d'elle. Ils font chauffer dans une petite cuiller un liquide ambré qu'ils s'injectent ensuite à tour de rôle. Julie observe. Jeremy lui offre la seringue. Elle refuse de la tête. Il se pose un garrot, fait saillir une veine. Julie n'aime pas ça, mais se force à observer pour ne pas qu'ils se moquent d'elle. La veine absorbe la drogue. Jeremy défait le garrot, ferme les yeux et se laisse couler contre le dossier de sa chaise. Il ouvre les yeux et lui adresse son plus beau sourire. Il a l'air bien. Elle lui rend son sourire. Il sait qu'il a gagné. Il prépare une autre dose. Les autres l'encouragent des yeux. Jeremy roule la manche de son chandail. Elle se laisse faire. Elle ferme les yeux et pense à Bodum. Elle sent comme une légère piqûre de maringouin. Une vague de chaleur tiède. Son corps devient plus léger. Elle se sent bien.

Un nouveau lien entre elle et Jeremy. Et cela dure depuis deux mois.

Les petits points rouges ont formé une croûte rêche sur son avant-bras gauche. Cela la démange. Elle frissonne. Elle ne se sent pas très bien et plutôt lasse. Ils ont trop bu et trop fumé la veille. Il y avait un autre type. Il faut qu'elle arrête de s'injecter cette saloperie. Qu'a-t-elle fait avec l'autre type? Elle se souvient vaguement qu'il l'a pelotée. Où sont-ils allés? Un appartement dans l'ouest de la ville. Elle lui a taillé une pipe tandis que Jeremy buvait de la vodka, dehors.

«J'ai une haleine de cheval», pense-t-elle en soufflant dans sa main comme elle a l'habitude de le faire chaque matin. «Il faut que je prenne un bain.» Il y a un grand bain tourbillon chez elle et elle aime s'y faire tremper dans l'eau parfumée avec le gel moussant préféré de sa mère. Elle se souvient qu'elle prenait son bain avec «eux» quand elle était petite. Elle faisait voguer un petit bateau en plastique rose qu'elle chargeait d'une savonnette bleue: «le *P'titanic*», disait son père. Julie s'appuie contre le mur froid. Un flot d'émotions l'envahit. Elle grelotte. Elle ferme les bras sur sa poitrine. Elle a peur.

Bien que d'origine jamaïcaine, Jeremy fréquente des francophones. Il joue du saxophone et forme un trio avec deux Sénégalais: les Poisons noirs. Ils jouent ici et là, dans de petites boîtes fréquentées par les adolescents et, de façon plus générale, par une clientèle marginale. Julie s'est entichée du musicien qu'elle trouve attentionné et généreux: «L'appel de la savane», lui dit-elle pour le taquiner. «Toi t'ite t'uie blanche qui y en a aimé bon nèg' pou' sa g'osse queue!» rétorque invariablement Jeremy, accentuant l'accent pour mieux se moquer du préjugé.

Des dizaines de coussins récupérés des ordures et un vieux téléviseur meublent la salle de séjour. Des cartons de mets chinois ont été oubliés sur une table basse. Des canettes de bière vides sont éparpillées ici et là. Des cendriers de fortune débordent de mégots. Quelqu'un a entrouvert une fenêtre, mais l'air est à peine respirable tant est forte l'odeur délétère qui flotte dans l'espace clos.

Une cuisine équipée avec des meubles récupérés chez Les Glaneuses. Un vieux frigo et une cuisinière au gaz datant de la guerre de Corée. Une table avec des pattes en métal blanc et un dessus en formica. Des chaises recouvertes de vinyle rouge. Un ameublement à faire baver d'envie les yuppies nostalgiques d'une époque que la plupart n'ont pourtant pas connue, où «Papa avait raison» et où Ed Sullivan accueillait Elvis à son show du dimanche.

La chambre est occupée par la locataire en titre: un lit à deux places, une commode, des vêtements jetés négligemment sur un sofa vert. Tout le monde connaît Loulou.

Benoît regarde Loulou se «shooter» dans la salle de bains qui, curieusement, est la pièce la plus propre de l'appartement. Elle prépare sa dose de morphine avec application. Le travailleur social lui tend une seringue propre qu'il a prise dans une boîte posée sur le comptoir du lavabo, à côté d'un bol à salade en plastique contenant une provision de condoms. Loulou siphonne la mixture et tapote la seringue du bout de l'ongle pour s'assurer qu'aucune bulle d'air ne s'est formée. Elle s'installe un garrot, tâtonne, trouve une veine.

La prostituée est maigre et des œdèmes violacés forment un archipel distribué sur plusieurs parties de son corps. Elle doit avoir une vingtaine d'années, vingt-cinq tout au plus, mais en paraît quarante.

«Tu devrais aller en désintox.»

Loulou ferme les yeux, penche la tête en arrière, respire profondément et s'injecte la drogue. Benoît grimace. Il ne s'y fera jamais.

«À ce rythme-là, t'es foutue d'ici deux ans, poursuit le travailleur social. T'as déjà l'air d'une vieille pute.

— J'ai l'air de ce que je suis. Tu veux que je te suce?

Sa bouche dessine un rond obscène.

«Écoute, Louise, il t'en faut de plus en plus. Combien de clients dois-tu te faire pour payer tes doses?

— Pas de tes osties d'affaires!

— Louise...

— Écoute, *man*! Toi, tu prends ton pied à rendre service aux pauvres filles perdues, dit Loulou ironiquement. Tu gagnes ta vie avec la misère des autres. Je suis en quelque sorte ta matière première. Faut être tordu pour faire ce métier-là. Je t'ai demandé quelque chose?... Ab-so-lu-ment rien! Je fais ce que je veux avec ma vie. Si ça me tente de m'éclater, je m'éclate. Je peux me faire sauter par la moitié de la ville de Montréal que ça ne te regarde pas non plus.

— O.K., O.K., fâche-toi pas! C'est sûr que t'es libre. Tu peux bien t'envoyer en l'air avec qui tu veux et quand tu veux. J'en ai rien à foutre. T'as passé un examen médical récemment?»

Il pense: «Si cette fille n'est pas séropositive, c'est qu'elle a une veine à tout casser.» Il se retient pour ne pas sourire à cette phrase à double sens involontaire. Il frissonne à l'idée du nombre de personnes qu'elle peut avoir contaminées.

Loulou nie de la tête.

«Louise, si tu peux faire ce que tu veux de ta vie et même choisir ta manière de mourir, c'est pas une raison pour prendre des risques avec la vie des autres. Tu comprends ça, au moins?»

Elle se mordille la lèvre inférieure. Un tic qui exprime son exaspération.

«Arrête ton char, *man*! O.K., j'irai me faire tripoter l'cul par ton osti de doc, un de ces jours... Si ça peut te tranquilliser, je ne baise qu'avec des capotes.

— Quand? demande Benoît.

— Je t'ai dit que j'irai. Osti de crisse! Tu veux que je te signe un papier?

— Quand? insiste le travailleur social.

— Après-demain, concède finalement la jeune femme.

— Pourquoi pas demain?

— Parce que...

— Si tu baises avec dix gars au cours des prochains jours... Parce que quoi?

— Je vais voir mon fils.

— T'as un fils?

— Ben... oui. Je te l'avais pas dit?

— M'en souviens pas. Quel âge?

— Trois ans.

— T'as une photo?»

Louise fait signe que non.

«Il est avec son père?...

— En foyer.

— Son père?...

— Il s'est fait descendre par les Italiens.»

Benoît note mentalement ces nouvelles informations et se promet de les vérifier à la première occasion. Même s'il est difficile de faire confiance à une junkie, il ne doute pas de la sincérité de Louise.

«Pourquoi tu me racontes ça aujourd'hui?

— Parce que...»

Elle laisse sa phrase en suspens.

«Bon, il faut que j'y aille. Tu veux que je vienne te chercher après-demain?»

Il attend une réponse qui ne vient pas. Elle sait qu'il viendra, pour au moins s'assurer qu'elle respecte son engagement.

«Du nouveau dans la boîte?...»

Elle comprend qu'il parle de l'appartement.

«La surpopulation, comme d'habitude.

— Vous pourriez faire un peu de ménage.»

Benoît parle de la saleté. Louise comprend qu'il suggère une diminution du nombre de personnes qui viennent se réfugier chez elle.

«Pas si simple. On ne laisse pas coucher un chien dehors et les nuits peuvent être fraîches en ce temps-ci de l'année.

— Du nouveau monde?»

Louise est sur le point de nier, mais se ravise.

«Un Jamaïcain... avec une Blanche.»

Benoît mime une injection. Elle opine du bonnet.

«Depuis longtemps?

— Deux semaines.

— La fille travaille?

— Ça devrait pas tarder. Avec un joli petit cul comme le sien, c'est sûr qu'il se trouvera bien quelqu'un pour s'en occuper. Et le Jamaïcain n'a pas bonne réputation...»

Le travailleur social note mentalement de vérifier qui sont ces nouveaux habitants de la piaule à Loulou.

Julie se lève sans bruit. Les yeux grands ouverts, un type semble fixer un détail du plafond. «Complètement givré!» pense-t-elle. Elle contourne quelques sacs de couchage et se dirige vers les toilettes pour se rafraîchir. Un homme s'apprête à quitter l'appartement. Il doit avoir dans la quarantaine avancée à en juger par son crâne à moitié dégarni. Le type porte une veste d'aviateur en cuir brunâtre, un jean et des bottes de cow-boy usées. Il ne ressemble en rien à la clientèle qui fréquente l'appartement de Loulou. Le type lui sourit, un sourire chaud. «Un client», pense-t-elle. Il tient un sac Boule rouge. «On peut pas dire que ça sent le Chanel», commente le type.

Julie hausse les épaules et passe devant lui sans même le regarder.

VII

Julie est rentrée très tard, trop tard pour Françoise qui, ayant absorbé un somnifère, est plongée dans un sommeil profond. Julie a passé la nuit à la maison avec une amie. Les jeunes femmes dorment paisiblement. Françoise observe un long moment ces deux corps lovés l'un contre l'autre qui offrent l'image de la plus parfaite innocence. Elle est heureuse et soulagée que sa fille soit là. «Je dois absolument te parler», dit-elle tout bas, comme si cette requête pouvait se faufiler jusqu'à la conscience de Julie. Elle retourne à sa routine matinale, réveille Jo pour lui demander d'annuler ses rendez-vous de l'avant-midi et attend que Julie se lève. Il est près de dix heures quand celle-ci sort enfin du lit.

«Salut, m'man.»

Julie lui paraît vieillie. Elle ne l'a pas appelée «m'man» depuis des lustres. Rien ne peut la toucher plus profondément.

«Ça va, Julie?»

Françoise met dans ces trois mots toute la tendresse dont elle est capable. Elle voudrait se lever et la toucher, la serrer dans ses bras, la ramener en elle, tout recommencer depuis le début.

«Hon hon! fait Julie en ouvrant la porte du réfrigérateur.

— Tu es sûre?»

Julie lève un œil ensommeillé. Françoise note que sa fille a les yeux lourdement cernés. Doit-elle insister? Elle se retient pour ne pas gaspiller ce «m'man» inespéré.

«Je te fais réchauffer un croissant?

— Pas faim. Je mangerai plus tard.

— Et le collège, ça va?»

Françoise sait très bien qu'elle n'y a pas mis les pieds depuis le début de l'année.

«Fais pas semblant, m'man. Tu sais bien que je n'irai pas...»

Julie guette la réaction que cette nouvelle provoquera. C'est sa manière: elle annonce la mise et se prépare à encaisser. Françoise ne dit rien, se contentant de chercher son regard.

«... En tout cas, pas cette année, précise Julie. Je prends une année sabbatique. Je me cherche du travail et je ferai un voyage aux États-Unis.

— T'aurais pu m'en parler avant!

— Et je déménage en apart avec des amis, ajoute Julie, comme si sa mère n'avait rien dit.

— Ah oui?»

Françoise ne sait pas si elle doit admirer l'indépendance rebelle de sa fille ou maudire sa «belle» arrogance.

«J'aurai dix-huit ans dans six mois...

— Mais tu n'en as aujourd'hui que dix-sept.»

La remarque passe mal. Françoise le perçoit tout de suite au regard défiant que lui lance Julie.

«Tu mettrais la police à mes trousses?... C'est pas ton genre, m'man.»

Y a-t-il autre chose que de l'ironie dans ces paroles? Une pointe de confiance, peut-être? Une complicité intergénérationnelle? Le rappel de son propre choix alors qu'elle était encore adolescente? Julie argumente efficacement. En fait, elle n'argumente pas, le rappel des évidences suffit.

«On pourrait peut-être parler de tout ça. Je ne veux pas t'empêcher de vivre ta vie, Julie, je souhaite seulement t'aider à la vivre le mieux possible.

— C'est sûr que si tu me donnais un peu de *cash*...»

Françoise remarque mentalement que Julie ne demande pas du mobilier, des draps ou des serviettes. Cela l'inquiète.

«Tu veux qu'on en parle tout de suite?

— Une autre fois, s'empresse de répondre Julie, comme si elle s'était rendu compte du doute qui s'est glissé dans l'esprit de sa mère. Il faut que je parte tôt ce matin...

— Il est onze heures.»

Julie ignore l'interruption.

«... nous allons rencontrer un employeur, Nancy et moi.»

Françoise comprend que Nancy est sans doute la jeune femme qui descend l'escalier.

«Tu seras ici ce soir?

— Non, je couche chez Nancy.»

Françoise et Julie s'observent un moment, chacune sachant qu'elles ne peuvent pas aller plus loin pour l'instant.

«Vingt dollars, ça t'irait pour aujourd'hui?

— Mieux que rien», fait Julie en haussant les épaules.

Elle empoche le billet et, après une légère hésitation, tourne les talons.

Françoise se dit que Julie sera là demain et qu'elle lui parlera. De toute façon, que peut-elle faire de plus?

Le flot touristique s'est largement calmé. Il y a bien encore un certain nombre de visiteurs, mais rien à voir avec les cohortes estivales d'Américains, de Français et de Japonais attirés au Québec par la recherche des grands espaces et un dollar anémique. Certains s'arrêtent un instant pour observer le comportement étrange de Longtime-No-See. Ils prennent quelques photos, rigolent un coup et repartent comme ils sont venus. Assise à la terrasse du Café des Patriotes, Françoise boit un cappuccino et observe le manège du clochard. Si la journaliste est tout aussi amusée que les passants, elle s'intéresse également à l'histoire de cet individu, «à son humanité», comme elle et Jo ont coutume de dire lorsqu'elles préparent une entrevue.

«À quoi donc renvoie vraiment le concept d'humanité?» pense Françoise. À cette idée qui fait la fortune des curés et des sociologues?... À ce «réelhumain», comme on dit «realpolitik», qui se conjugue toujours au présent singulier; à cette réalité qu'on occulte par de savants maquillages, mais qui nous rejoint aussitôt que le génie du petit écran nous renvoie l'image de toutes nos Bosnie, de tous nos Rwanda? Elle pense aussi à la pub de Benetton, aux téléthons, à cette vieille femme assassinée dans le parc La Fontaine par des gamins possédant le niveau de conscience de Mario Bros ou du Terminator.

«Mort de Paulette: trois enfants arrêtés», titrent les journaux du matin. Une curieuse analogie s'est formée dans sa tête quand elle a lu la nouvelle. Chaque drame en cache un autre, comme s'il n'y en avait qu'un seul, gigogne, duquel ils naissent tous.

«Je suis trop cérébrale», pense-t-elle. Moins une critique qu'un rappel. Un moyen de défense. Un outil de travail. Elle ne sait trop d'où elle tient cette capacité d'abstraction, de transfert du singulier au général. Ceux qui la trouvent désincarnée, froide, distante, ne la connaissent pas. «Et si je savais souffrir?» L'idée, qui lui avait d'abord paru monstrueuse, fait son chemin. «Savoir souffrir, la bonne affaire!» Elle ne se sent pas comme ces «monstres froids» dont la conscience se fonde sur la raison d'État, la vérité révélée ou d'autres types de transcendance. Elle se voit plutôt comme le produit de son métier et cette idée trace la limite de sa liberté. Est-elle en cela pareille à ceux qui obéissent aux ordres, soldats, fonctionnaires, policiers...? Elle pense plutôt qu'elle exerce un métier anesthésiant et, s'il faut souvent du courage pour être une bonne journaliste, cela se paye parfois du prix de sa sensibilité. «À tout prendre, se dit-elle, savoir souffrir n'est pas une si bonne affaire qu'il y paraît à première vue.»

L'arrestation de ces enfants la trouble au plus haut point. «Sont-ils si différents de ces centaines de jeunes patineurs qui slaloment entre les gens et les choses? Sont-ils si différents de mes propres enfants avec qui je n'ai pas passé suffisamment de temps. Les choix que l'on fait ne sont pas sans conséquence, pense-t-elle, et il n'est pas toujours facile de vivre avec les conséquences de nos choix.»

Françoise fait un effort pour chasser ces pensées.

Longtime-No-See devise bruyamment avec une vieille jument noire, soulevant l'hilarité des cochers. La jument écoute hennir le clochard sans étonnement, comme si c'était pour elle la chose la plus naturelle du monde. De temps en temps, elle manifeste son humeur par de vigoureux coups de queue. Longtime-No-See lui caresse l'encolure et elle bat des sourcils comme une coquette qui se laisse faire du plat. Il lui demande d'ouvrir la bouche et inspecte sa dentition. La jument laisse l'ancien jockey lui examiner les sabots. Il semble déceler quelque chose et en informe le cocher par gestes et hennissements plaintifs. Le cocher sort une trousse et entreprend de réparer le fer de la jument.

Amusée, Françoise observe la scène et se dit qu'il serait fort intéressant de converser avec cet étonnant bonhomme. «Quel personnage sympathique! Et, pense-t-elle, sûrement bien plus sain d'esprit que les psychopathes et les mégalomanes qui dirigent la destinée d'une partie non négligeable de l'humanité. Sûrement pas plus fou d'hennir à des juments que de tenter de sortir la vérité de la bouche d'un politicien», conclut-elle cyniquement.

La journée s'annonce belle. Débarrassé des étouffantes canicules de fin d'été, l'air semble plus léger. Elle adore ces jours lumineux où les choses se dessinent avec plus de clarté dans la douce lumière des matins frais. Les gens lui paraissent plus calmes, plus sereins, comme s'ils profitaient des derniers beaux jours avant la longue hibernation à laquelle ils seront bientôt condamnés. Comme elle le fait souvent, elle laisse son esprit vagabonder à la recherche du temps perdu.

Rue Cartier, près de Rachel, à deux pas du parc La Fontaine. Un petit quatre-pièces humide, meublé de coussins multicolores posés un peu partout et de choses disparates glanées ici et là, chez des amis, à l'Armée du Salut et à la Maison des chômeurs de Saint-Henri. Ils vont marcher le long de l'étang, le soir, en mangeant des glaces qu'ils achètent aux marchands ambulants.

Un vieil immeuble de trois étages en brique rouge. C'était juste avant que le quartier devienne le refuge des yuppies et que les loyers montent en flèche. Luc possède une vieille Volkswagen bleue que lui a cédée un copain plus ou moins felquiste dont les seules actions violentes se résument à la distribution de *La Cognée* dans les écoles et à l'épandage de clous sous les roues des voitures de police lors des manifestations nationalistes. Des broutilles. Un type costaud, placide, assez sympathique, que la police politique canadienne harcèle beaucoup plus à cause de ses talents d'agitateur qu'à cause d'une quelconque activité de plastiqueur.

Luc aime faire l'amour le matin. Il la réveille doucement en dessinant des doigts les courbes de son corps. Des doigts souples et puissants comme ceux de l'Artiste. Elle se love contre lui, le mordille, se laisse emporter par ses caresses. Luc Genois a un corps mince et musclé, de longs cheveux poivre et sel noués en queue de cheval et des yeux gris qui semblent lire en elle. Il a vingt-neuf ans et déjà son visage accuse quelques rides, accentuées par cette espèce de hâle que l'on retrouve d'ordinaire chez les personnes qui travaillent au grand air. Il s'est fait tatouer une licorne ailée sur l'avant-bras gauche et une salamandre rouge sur le biceps droit. Ils font l'amour doucement, prolongent leur plaisir. Il aime la voir se tendre dans l'orgasme, l'entendre haleter et émettre ces couinements de souris et ces grognements fauves qui accompagnent le dérèglement des sens.

Cette perte de contrôle d'elle-même l'a toujours mise mal à l'aise. Elle aime prendre son plaisir avec un homme, mais déteste qu'il le sache, car, croit-elle, cela la rend vulnérable. Cette crainte de la vulnérabilité a empoisonné ses rapports avec tous les autres types qui sont venus avant. Elle ne s'est vraiment livrée totalement qu'à Luc Genois. Elle a vécu sa relation avec lui sans filet de sécurité, et même quand l'usure a commencé à faire son œuvre et que ses succès professionnels les ont éloignés, il pouvait encore la faire fondre. Il y a quelque chose d'irrationnel dans ce qui la lie à cet homme. «Je suis ton amant organique», disait-il quand elle lui avouait son amour. Un lien paradoxal, trop fort pour durer, mais aussi essentiel à son équilibre que l'air qu'elle respire.

Elle aimait cet homme d'un amour quasi adolescent, possessivement, d'une manière tout à fait folle. Julie a été le fruit de cette passion. Elle a désiré cet enfant comme on désire la lune. Elle a voulu qu'il naisse de Luc Genois. Elle l'a imaginé longtemps avant de le concevoir. Julie est venue au monde exactement comme elle l'avait souhaité. Et presque tout de suite, Françoise a pressenti que sa fille posséderait le caractère ombrageux et rancunier de son père. Elle en aurait aussi la générosité et peut-être, sans doute, la structure psychologique instable. Mais contrairement à son père, Julie s'emporte pour un rien. L'introverti Luc Genois gardait ses émotions les plus vives de son côté du monde. Quand la coupe était pleine, il partait quelques jours, se soûlait, revenait à la maison l'œil hagard, sale, épuisé. Il dormait vingt-quatre heures, gardait le silence pendant deux jours et semblait presque oublier soudainement le motif de sa déprime. La vie reprenait alors son cours, comme si rien ne s'était passé. Cela a duré sept ans et, tout compte fait, n'avaient été les enfants, aurait dû n'en durer que trois ou quatre.

Jacques a été conçu à Marvão. Il est leur enfant portugais. Il a été engendré dans l'émotion du moment, dans ce chavirement de la raison qu'entraînent parfois des sentiments trop forts. Elle se souviendra toujours de cette semaine magique où tout était brusquement redevenu possible. Luc a la tête remplie de projets. Il s'enthousiasme et ce bonheur de vivre l'énergise elle aussi. Ils se redécouvrent, se réapprennent, se reconquièrent. Ils se pardonnent tout. Il lui parle de son art et elle de son travail.

Ils ont passé de longues heures à explorer ce merveilleux coin de planète. Ils déambulent dans les petites rues des villages de l'Alantejo, s'émerveillant des choses les plus simples: les oiseaux dans des cages posées sur le rebord des fenêtres, un vieux puits romain sur une petite place moyenâgeuse, un air de fado, des immeubles épousant tous les styles, des fantômes d'enfants romains pataugeant dans l'eau d'un lavoir en pierre où, peut-être, se sont abreuvés les chevaux de César.

Ils empruntent des sentiers improbables qui les conduisent à de tout petits villages ignorés des touristes. Des femmes noires étendent des draps immaculés dans l'herbe, tandis que d'autres battent la lessive dans des bassins d'eau claire, leur chant se confondant au murmure du vent. Des ânes broutent placidement dans les prés quand ils ne sont pas montés par de vieilles personnes que le siècle n'a pas encore capturées. Un océan de couleurs. Un fleuve d'odeurs formant des cocktails enivrants. Ils se soûlent par tous les sens, jusqu'à en perdre la mesure. Ils ont pique-niqué et joyeusement fait l'amour sous les oliviers, dans des champs irréels, tapissés de toutes les fleurs de la création. Elle a ressenti une douceur de vivre incomparable. Un bonheur à vouloir arrêter le temps.

Jacques n'a pas vraiment été désiré. Un imprévu. Un accident de parcours. N'avait été le contexte de sa conception, elle se serait sans doute fait avorter. La vie peut être le produit de la déraison.

«Vous voulez me payer tout de suite, madame Mercier, je finis mon service?»

Françoise sort difficilement de sa rêverie. Elle évoque souvent ces instants particuliers qui sont des îlots de bonheur dans l'océan de sa vie. Ils forment un archipel privé où elle se réfugie quand rien ne va plus. Elle puise alors dans son crédit de bonheur passé pour combler les pertes d'une actualité parfois cruelle. C'est peut-être cela, savoir souffrir. Elle dépose un billet de cinq dollars dans le plateau que lui tend la serveuse.

«Excusez-moi, je rêvais.

— Une bonne journée pour ça, dit l'employée en la gratifiant d'un sourire radieux. Vous avez déménagé dans le coin?

— Non. Pourquoi?

— Vous êtes venue trois fois cette semaine. Nous savons que notre café est le meilleur en ville, mais à ce point-là...»

Françoise lui rend son sourire.

Elle se lève, marche vers la place des Nations et le voit.

Deux grands voiliers sont amarrés, l'un derrière l'autre, au quai principal du Vieux-Port. L'Artiste les dessine, non sur l'asphalte, comme il en a l'habitude, mais sur du papier d'emballage qu'il a ramassé dans une poubelle. Elle s'approche. Le clochard est assis sur le dossier d'un banc. Il dessine à grands traits, sans même regarder ce qu'il fait. Il lève la tête, capte un détail et trace des lignes. Des badauds suivent la progression de son travail. «Depuis combien de temps est-il là?» Françoise s'approche. Comme s'il avait senti sa présence, l'Artiste se lève, passe devant elle, s'arrête devant une poubelle, roule son dessin en boule et l'y jette. Françoise attend qu'il s'éloigne et le récupère sous l'œil amusé de deux Japonaises qui l'observent en souriant tristement alors qu'elle plonge le bras dans les ordures.

Ainsi, l'Artiste ne fait pas que réaliser des fresques éphémères sur l'asphalte des trottoirs. Le travailleur social le sait-il? Elle sourit à la pensée de posséder une information qui lui échappe. Elle lui montrera le dessin quand elle le reverra. Comment s'appelle-t-il déjà? Benoît. Benoît Lafleur. Sympathique, ce type, remarque-t-elle intérieurement.

L'Artiste la trouble de plus en plus. Depuis trois jours, elle vient arpenter le quai, à l'affût, comme Dian Fossey surveillant les moindres gestes des gorilles jusqu'à en imiter les comportements. Le clochard ne semble pas s'être aperçu de son manège et continue de se livrer au rituel qui est le sien. Il ne dessine cependant plus sur le trottoir. Il marche le long du quai, salue des confrères et vient s'asseoir, toujours à la même place, sur le même banc, dans le petit parc qui fait face au cinéma Imax. Il reste là pendant des heures, observant les gens qui circulent autour du petit étang. Il est seul la plupart du temps et quand quelqu'un s'arrête pour bavarder, ce n'est jamais pour bien longtemps.

Françoise a noté qu'il porte toujours ce sac en toile qui doit contenir toute sa fortune. Il salue toujours Longtime-No-See, ce dernier semblant d'ailleurs lui manifester une amitié particulière. Le Jockey lui parle dans son sabir chevalin, lui offre à boire et lui donne d'affectueuses petites tapes sur l'épaule. L'Artiste écoute, exprimant occasionnellement son intérêt pour les propos du vieil homme par des hochements de tête et des onomatopées.

Le travailleur social est venu au moins une fois au cours des derniers jours. Les habitués du coin le saluent. Il a passé un long moment avec Longtime-No-See et l'Artiste. À le voir, on aurait cru qu'il appartient à leur confrérie. Il est venu à l'heure du lunch et a apporté un panier contenant assez de nourriture pour trois jours et une petite caisse de bières chinoises. Les trois hommes ont passé de longues heures ensemble, assis sous un arbre, dans l'herbe, mangeant et devisant comme des rentiers n'ayant que cela à faire.

Françoise a failli aller les rejoindre, mais s'est retenue: ce n'est pas sa place. Longtime-No-See s'est finalement assoupi, la tête posée sur le sac de l'Artiste. Ce dernier écoutait le travailleur social. Que pouvait-il bien lui raconter? Peut-être lui demandait-il s'il accepterait d'accorder une entrevue à une journaliste? L'Artiste tressait machinalement des brins d'herbe. Il a fait non de la tête. Cette conversation n'a pas duré très longtemps. Finalement, le travailleur social s'est levé et, avant de partir, a remis un petit paquet à son interlocuteur. Celui-ci l'a fourré dans son sac sans même l'ouvrir.

Le soleil décline. Elle frissonne. Elle aurait dû apporter un vêtement chaud. Longtime-No-See n'est plus là. L'Artiste flâne le long du quai où sont accostés les cargos de la Canada Steamship. Il dépose un billet dans l'étui à guitare d'un chanteur qui interprète des airs du répertoire québécois et français. Elle n'aurait jamais cru qu'un clochard puisse faire un tel geste. Il s'appuie au garde-fou, le visage tourné vers le fleuve, et écoute le type interpréter *Amsterdam*, *Tu m'aimes-tu?* et *Quand des bateaux s'en vont*. Puis, il se dirige vers la place d'Youville. Elle aurait voulu le suivre plus loin, jusqu'à ce qu'elle découvre où il loge. Il bifurque rue Saint-Pierre où elle perd sa trace. Une filature improvisée. Elle se promet de mieux s'y préparer la prochaine fois.

Une amie habite place Vauquelin. «Et si j'allais prendre l'apéro avec elle?» Mais elle change d'idée quand elle constate que son jean et son tee-shirt sont sales. Tout compte fait, il vaut peut-être mieux qu'elle rentre à la maison. Julie est peut-être de retour, se dit-elle sans trop d'espoir.

VIII

«Vous irez en enfer aussi sûr que le Bon Dieu existe!»

Le Curé s'est réservé un territoire en face du Théâtre Saint-Denis. Il vient tous les jours engueuler le public qui se presse pour assister aux spectacles qui y sont présentés. Il jette l'anathème sur les pécheurs qui fréquentent l'endroit maudit. Le Curé fulmine, invoque les forces célestes, brandit le goupillon et trace dans l'air de larges bénédictions. Quand il est de bonne humeur, il confesse les gens attablés aux terrasses des cafés et pardonne leurs péchés pour quelques sous.

Françoise regrette déjà que le clochard ait accepté de se prêter à l'entrevue. Le pauvre homme ne réussit pas à tenir un discours minimalement cohérent. Il débite des suites de clichés où se mêlent imprécations, références bibliques et invocations.

«Si je comprends bien, la rue Saint-Denis est un nouveau Sodome et ceux qui la fréquentent sont damnés?»

L'homme lève les yeux vers le ciel, se signe trois fois en marmonnant des mots sans suite en latin.

«Tous damnés! Tous damnés! C'est une fenêtre ouverte sur la géhenne.»

L'homme porte une soutane noire élimée. Il arbore un béret tout aussi noir et râpé sur lequel sont épinglées une quincaillerie de médailles où domine la représentation de la Vierge. Il porte des godasses noires à bout carré. L'anachronisme de son vêtement attire le regard et suscite l'intérêt de plusieurs qui l'identifient à un émule de l'abbé Pierre. Il quête en présentant une tirelire de l'oratoire Saint-Joseph à l'effigie du frère André: une fente pour les pièces, un trou rond pour les billets qu'il faut rouler avant de les insérer. Ses yeux chassieux lui sortent des orbites, comme si, effectivement, il voyait se tordre d'une douleur innommable les âmes des damnés. Il porte une main à son visage, ouvrant les doigts de manière à voir d'un œil.

Françoise entend rigoler les techniciens derrière elle. Elle se retourne et Jo lui fait une horrible grimace en se plaçant deux doigts au-dessus de la tête. Elle se promet de lui faire son affaire à la première occasion. «Je n'aurais pas dû accepter de faire ce reportage!» Elle se sent inutilement voyeuse et parfaitement ridicule. «Tu devrais te voir l'air!» ricane la recherchiste dans l'écouteur qui forme comme une petite excroissance à son oreille droite.

Jo lui sert souvent des blagues, moins pour la déstabiliser que pour la détendre, la faire sourire, faire passer cet indéfinissable trac ressenti avant chaque entrevue. «Plus crispée que ça, la peau du visage craque», l'a assurée son amie. D'habitude, la formule opère, son visage s'éclaire d'un sourire. Il lui est même arrivé de s'esclaffer à la surprise de son interlocuteur.

Cette façon de faire, ce sans-gêne contribuent puissamment à l'excellente réputation de la journaliste et à sa popularité. Françoise n'est cependant pas sans savoir qu'une partie de ce mérite revient à Jo. Les deux femmes se complètent, se stimulent. Jo est iconoclaste, irrespectueuse, sarcastique et d'une générosité totale. Elle méprise les intoxiqués du pouvoir et ceux qui recherchent maladivement le feu des projecteurs. «Je ne suis pas une intellectuelle», dit-elle fréquemment pour se dédouaner de travailler dans un milieu qui en compte tant. «Mais si, tu en es une! rétorque invariablement Françoise. Nous sommes toutes les deux de vilaines petites-bourgeoises intellectuelles et corrompues par la société de consommation. Tu t'en défends d'autant que tu le sais très bien. Assume ta réalité, ma vieille! Nous sommes l'expression du "déclin de l'Empire américain".» Elles pratiquent la dérision pour échapper au paradoxe.

«On arrête», décrète Françoise. Elle enlève l'écouteur dissimulé sous ses cheveux. «C'est fini!» laisse-t-elle tomber à l'intention du Curé. Le clochard reste là, les bras croisés, un sourire triste aux lèvres. «C'est fini! répète-t-elle. Tenez, c'est pour vos bonnes œuvres», ajoute-t-elle en tendant un billet de vingt dollars. Elle lui tourne le dos sans plus de formalité et se dirige vers l'Eurovan qui sert de car de reportage.

«C'est moi le boss! déclare Roger à son intention. À ce rythme-là, on n'est pas près de...

— Va chier, Roger! Tu trouveras quelqu'un d'autre pour écœurer ces pauvres types. Crissons-leur la paix, d'accord? On peut parler des clochards sans leur demander de venir s'expliquer devant un million de crétins qui prennent leur pied devant la misère des autres.

— Coudon, la *prima donna,* as-tu mangé de la vache enragée? Tu m'obliges à te rappeler que ce sont justement eux, «les crétins», qui te payent ton salaire. On peut discuter de tout ça sans traîner le peuple dans la merde... Des fois, toi, j'sais pas ce qui me retient de...

— De quoi?... l'interrompt Françoise, foudroyant le réalisateur du regard. Tu sais ce que j'en fais, moi, de tes menaces, espèce d'enfoiré?»

Il y a longtemps qu'elle ne s'est pas payé une bonne engueulade et celle-là prend une tournure plutôt musclée.

«Cessez vos conneries!» intervient Jo.

Françoise se retourne, prête à mordre.

«O.K., on oublie ça, on retourne à la maison et on reprend à zéro, dit Roger, conciliant.

— On peut faire un excellent reportage sans se prêter à cette mascarade misérabiliste, insiste Françoise.

— Une émission complète sur *L'Itinéraire,* une autre sur la Maison du Père et les autres refuges pour itinérants. On doit présenter tous les aspects de l'itinérance.

— Je ne le nie pas, mais on n'est pas obligé d'en faire une sur ces pauvres types qui...

— Tu me pompes l'air, Françoise! J'ai dit qu'on repartait à zéro. Il me semble que c'est clair!»

Françoise ouvre la bouche, mais aucun son n'en sort. Jo lui fait signe de la tête et l'entraîne plus loin.

«Je suggère un repli tactique. Le vieux est d'humeur massacrante et je le sens capable de violence. Faut dire que ce reportage n'est pas le plus facile à réaliser. Rien qui fonctionne. Même la mécanique se déglingue. Petite cerise sur un *sundae* déjà dégueulasse, il vient de se voir refuser un projet par Téléfilm Canada. Faut endormir l'animal, éviter de lui brandir un torchon rouge sous le pif. *Capice?* On lui mitonne une bouffe, on le soûle, on le saute et on le rebranche. D'accord?

— Joli programme, Messaline! Et si on l'empoisonnait et jetait son corps aux crocos après?...»

Ce badinage fait son œuvre. Il contribue à dédramatiser la situation. Françoise se sent un peu mieux.

Roger engueule un technicien tout en jetant un œil dans leur direction. Françoise lui envoie la main et lui souffle un baiser. Il leur indique le cadran de sa montre, ouvre quatre doigts et pointe le nord en direction de Mondiacom. Puis, d'un geste un peu théâtral, il les congédie.

*   *

*

Le temps d'aller se changer, de vérifier si Julie s'est manifestée — ce qu'elle n'a pas fait —, d'avaler un café rapidement, réchauffé au micro-ondes, elle est de retour dans le Vieux-Port. L'Artiste n'y est pas, Longtime-No-See non plus. Les touristes aussi ont déserté cette fenêtre ouverte sur le fleuve. Elle arpente les quais et le parc, en face. Des adultes font voguer des petits navires mus par une commande à distance. Elle observe leur manège un instant. Cela lui rappelle le grand bassin du jardin des Tuileries et les voiliers que des enfants font naviguer à l'aide d'une baguette. Elle pousse une pointe jusqu'à la place d'Armes. Elle arpente les petites rues du Vieux-Montréal un peu à l'aveuglette, en touriste. Elle s'attend à le voir surgir au détour d'une rue. Peut-être s'est-il réfugié dans une encoignure ou qu'il sirote un café dans un des cafés de la rue Saint-François. Elle croit le reconnaître rue Saint-Amable, puis rue Saint-Grégoire, dans un estaminet tenu par un Hongrois et fréquenté par les journalistes du *Devoir*.

Et soudain, elle le voit. Et soudain, il est là.

Ou plutôt elle a l'impression qu'il ne l'a jamais quittée des yeux. Il est assis dans l'escalier d'un vieil immeuble et la dévisage sans vergogne, avec, croit-elle noter, un indéfinissable sourire. L'air narquois de Fisher s'apprêtant à mettre Spassky échec et mat.

Elle se sent prise en faute. Une sensation qu'elle a connue adolescente quand son regard croisait celui d'un type qui lui plaisait. Une impression de transparence, comme si elle était nue, complètement nue, comme si le flot de ses pensées devenait soudain visible. Le rouge lui monte au front, elle a l'impression que ses pieds s'enfoncent dans l'asphalte. Elle veut bouger mais ne le peut plus. Son cœur s'emballe et des larmes lui viennent aux yeux. Elle cherche du regard une porte où elle pourrait faire mine d'entrer, une vitrine à regarder. Rien. L'environnement se contracte, devient lisse comme la glace d'un étang en janvier, n'offre plus aucune aspérité à laquelle s'accrocher. Elle capitule.

Il vient vers elle lentement, sans se presser, comme s'il n'allait nulle part. Elle le sent fondre sur elle. Elle le sent même fondre en elle, comme un fantôme qui s'insinue dans son intimité pour la posséder de la manière la plus obscène. Il s'arrête à deux mètres, sans cesser de darder sur elle ses yeux gris. Il lui sourit, mais dans ce sourire il y a de la tristesse.

«Vous ne devriez pas faire ça. Vous ne devriez pas.

— Je...

— Je ne suis pas de votre côté des choses. Juste quelqu'un qui passe. Vous me faites penser à ma mère, savez-vous?»

Elle ne bouge pas. C'est sa voix. Non, ce n'est pas sa voix. Trop éraillée, trop basse. Ce sont ses yeux. Peut-être? Sont-ils si gris?... Il était plus musclé, moins maigre.

«Benoît m'a expliqué ce que vous voulez faire. Ce n'est pas bien.

— Je...»

Il faut qu'elle se ressaisisse, et vite.

«Vous me faites penser à quelqu'un, finit-elle par articuler d'une voix qui n'est pas la sienne.

— Ça doit! Vous me faites penser à ma mère, savez-vous?»

Cette façon de faire belge lui tombe sur les nerfs.

«Je... Je ne veux pas faire quelque chose qui ne serait pas bien.

— Mes amis préfèrent la solitude. Ils sont fragiles, c'est pour ça qu'ils brisent facilement.

— Je pense que nous ferons les choses différemment. Je ne souhaite pour rien au monde vous déranger ou ennuyer qui que ce soit. Benoît vous a parlé de moi?

— Il dit que vous êtes une bonne personne. Je pense qu'il vous trouve de son goût.»

Cela le fait sourire. Comme si c'était une bonne blague. Elle lui rend son sourire.

«J'ai un peu froid. Et si je vous invitais à prendre un café?

— Chez le Hongrois?

— Si vous voulez.

— Les journalistes y vont et le café est bon. Vous aimez mes dessins?

— Je...

— Vous n'êtes pas obligée d'aimer ça. De toute façon, c'est de la merde.

— Mais...

— C'est ce que vous pensez, hein? De la merde!»

Elle est complètement désarçonnée par ce brusque changement d'humeur.

«Je ne m'y connais pas beaucoup.

— Vous m'espionnez. Ce n'est pas bien, savez-vous.

— Mais non. Ce n'est pas ça... C'est juste que...»

Il la contourne sans préavis et poursuit son chemin. Elle le suit des yeux jusqu'à ce qu'il disparaisse au détour d'une rue. Il est plus grand que Luc Genois et il boite légèrement.

IX

Assis devant Julie sur un vieux tapis, le type sourit de toutes ses dents. Les cristaux de crack crépitent dans le fourneau de la petite pipe en argent. Le type la lui tend et elle aspire lentement. L'effet est instantané. Un flash. La lumière inonde son cerveau. Julie se sent bien. Elle aspire encore en mettant ses mains en coupe autour du fourneau. Une immense paix l'envahit. Le temps n'existe plus. Des images se forment dans sa tête. Elle ferme un instant les yeux, puis les ouvre.

Le type lui sourit toujours. Il s'est rapproché et lui caresse les cheveux. Elle referme les yeux. Des étincelles jaillissent d'une énorme fontaine et des coulées de lave incandescente sont éjaculées par un Héphaïstos vert-de-gris. Des nuages filamenteux mauve et orangé défilent à vive allure dans un ciel d'encre. Elle sent la main du type sous son chandail et son souffle dans son cou. *Elle tient son frère par la main et ils regardent leur père, tout en haut d'un échafaudage, qui brandit une torche et fait jaillir du métal des nuées d'étoiles.*

Le type la renverse sur le tapis et entreprend de lui enlever son jean. Elle soulève les fesses pour lui faciliter la tâche. Le type n'est pas très habile et plutôt pressé.

Elle se déshabille mais conserve ses bas, à sa demande. Il la caresse un peu et la pénètre violemment en proférant des obscénités. Elle pense à n'importe quoi, un champ couvert de fleurs, un chiot beige qui lui lèche le nez, un Big Mac...

Le type s'active en elle en grognant et en lui malaxant les fesses. Il émet un râle, et c'est tout. Elle n'a rien senti. Rien du tout. Le type roule sur le côté.

«T'as pas aimé ça?» s'inquiète-t-il en se débarrassant de son condom.

Elle ne lui répond pas. Elle s'aperçoit qu'elle a oublié de le faire payer d'avance.

«Oublie pas le *cash*, fait-elle en enfilant son jean. Divin!» ajoute-t-elle en lui caressant la joue.

Le type se rhabille en vitesse.

«Cinquante?»

Il lui tend un billet orange.

«Cent. Cinquante, c'est une pipe. Mon cul en vaut cent. Pis c'est pas cher.»

Le type hésite et lui tend un autre billet. Il l'observe un instant.

«Tu devrais crisser ton camp avant qu'il soit trop tard. C'est pas un métier pour toi.»

Julie lui indique la porte. Le type la franchit en même temps que Jeremy entre.

Le Jamaïcain prend Julie dans ses bras et l'embrasse fougueusement. Elle s'en détache brusquement.

«Écoute, Jemy, je ne peux pas continuer. Ç'a pas d'allure, j'suis pas une pute. J'ai fait mon dernier type. Ça m'écœure rien que de penser que je couche avec des types pour du fric. Tu m'avais dit que c'était juste pour nous dépanner...»

Elle a la bouche molle et s'exprime avec peine, comme une personne ivre.

Elle n'attendait pas le coup. Elle veut protester. Un autre suit, puis un autre, et un autre. Jeremy frappe méthodiquement, pour faire mal. Du sang coule de sa lèvre et elle ne voit plus d'un œil. Elle tombe. Il lui donne un coup de pied dans le ventre. Il se penche sur elle, l'agrippe par les cheveux, l'oblige à le regarder.

«Ben oui, t'es une pute! Un joli p'tit cul blanc qui va continuer à bosser pour le beau Jemy. T'es pas bien avec moi, c'est pas cool?»

Il lui caresse un sein, la contraint à se lever. Il insinue un doigt dans son sexe et la masturbe lentement, méthodiquement. Elle a un orgasme. Il baisse son pantalon. Son sexe est dur et luisant. Il la force à se pencher et à le prendre dans sa bouche. Il éjacule rapidement et elle doit tout avaler.

Julie se précipite aux toilettes pour vomir. Elle rend ses tripes. Le miroir lui renvoie une image hideuse. La pommette de sa joue droite est violacée. La jeune femme étanche le sang qui coule à la commissure des lèvres. Son œil gauche est tuméfié. Elle fait une compresse avec une débarbouillette et de l'eau tiède. Elle a peur. Une peur terrible. L'effet du crack s'estompe et elle se sent envahie par un désespoir sans nom. Elle veut mourir, tout de suite. Elle éclate en sanglots, comme si toute la peine du monde s'était accumulée en elle depuis le commencement des temps. Elle glisse sur le sol froid de la salle de bains. Jeremy vient vers elle et lui fait une injection.

«Un petit cadeau, bébé. Un p'tit remontant. On peut avoir la belle vie si tu y mets un peu du tien. Deux, trois types par jour, c'est pas si terrible. Tu peux même en faire cinq ou six que ça ne le sera pas plus.»

Il lui injecte de l'héroïne pour la troisième fois aujourd'hui. Elle lui en est presque reconnaissante. Elle hoquette, lève les yeux vers lui. Il sourit, de ce sourire chaud et débonnaire qui l'a séduite. Il est torse nu et ses muscles saillent. Il la relève doucement, lui caresse la nuque et l'entraîne vers la chambre.

*　　*
*

Françoise revient tôt chez elle. Elle est fourbue, émotivement et physiquement. Elle en a oublié son travail et la réunion de production de quatre heures.

Le soleil tombe derrière la ligne d'horizon. L'été s'effiloche rapidement et l'automne hisse déjà ses couleurs aux branches des grands arbres. D'habitude, cette demi-saison lui plaît énormément. Elle aime cet entre-deux-mondes riche d'une palette de coloris aux nuances infinies, chargé des odeurs sucrées de la terre et de celles, plus âcres, des feuilles séchées. Elle aime le confort douillet des petites laines qu'impose la fraîcheur des fins de journée. Elle se sait très vulnérable en ce temps de l'année. «Ma saison des amours», pense-t-elle.

Fin septembre, début octobre. Luc Genois a emprunté la maison de campagne d'un ami, blottie dans un repli des Appalaches, près d'un petit étang alimenté par un ruisselet qui chante doucement en cascadant sur une portée de granit à faire frémir Dutoit. Un poème à l'ombre des montagnes. Ils s'y réfugient, nourrissent le feu dans l'âtre, font l'amour à demande, vont, prétexte à de longues randonnées, cueillir des bolets et des chanterelles. Ils se mitonnent des petits plats, boivent du vin et des fines avant de s'endormir, fourbus, au pied du foyer, tandis que les enfants dorment à l'étage.

Lui qui parle si peu lui confie quelques-unes de ses angoisses. Le seul moment où il s'épanche de la sorte. Elle en est particulièrement heureuse parce qu'elle a appris que rien n'exprime plus l'affection d'une personne pour une autre que ces petits permis d'incursions dans les enfers privés où s'agitent les démons personnels. Ces semaines de bonheur intense sont gravées en un sillon d'or dans sa mémoire.

Ils se roulent dans les feuilles sèches. Une fois, il l'a complètement ensevelie sous une avalanche de feuilles d'érable et de chêne. Un jeu pour faire plaisir aux enfants. Une expérience quasi mystique. Elle a été complètement enivrée par l'odeur et, couchée sur le dos, quelques rayons de soleil filtrant à travers ce linceul, elle s'est sentie happée par la terre, comme si Gaïa voulait la reprendre en son sein, la digérer, la transformer en humus, lui faire féconder les milliers de jeunes pousses qui, elle l'avait senti, tendaient leurs radicelles avides vers son corps.

L'odeur des feuilles et de la terre avait agi comme une drogue, lui faisant perdre la raison, l'immobilisant, la paralysant. Luc, inquiet, l'avait finalement extirpée de cet étrange cocon et ils avaient longtemps parlé de cette expérience que lui-même s'était refusé à tenter. Peut-être savait-il que cela le conduirait trop loin, dans des lieux où il se perdrait irrémédiablement?

* *

*

Jacques est à la maison, mais pas Julie. Il n'entend pas Françoise venir. Il ne regarde jamais la télé dans cette pièce, mi-salle de séjour, mi-bibliothèque où elle vient lire. Il préfère se réfugier dans l'invraisemblable bric-à-brac informatique qu'est sa chambre. À le voir affalé sur le divan en cuir brun, elle sait tout de suite que quelque chose ne va pas. «Sa première peine d'amour», pense-t-elle en le voyant aussi décontenancé, «l'air du boulanger qui a fait brûler son pain», disait sa grand-mère maternelle.

«Tu as l'air plutôt embêté, mon grand... Quelque chose qui ne va pas?»

De toute évidence, Jacques l'attendait.

«Pas moi, Julie.»

L'inquiétude lui serre aussitôt le cœur.

«Où est-elle?

— En ville, quelque part, j'sais pas.

— Alors, comment...? Elle est venue à la maison aujourd'hui? Elle est malade?»

Presque un souhait. «Si elle est malade, elle sera bien obligée de me laisser m'occuper d'elle.»

«J'pense qu'elle est dans le trouble jusqu'aux yeux.»

Jacques fait un geste de la main pour appuyer ses propos.

Même s'il ne partage plus son quotidien avec elle, Jacques garde une solide affection pour sa sœur. «Elle est chiante», dit-il pour s'affranchir de sa tutelle et affirmer son indépendance. Il lui accorde peu de qualités et encore moins de talents, mais elle demeure «sa grande amour», celle avec qui il a vécu le deuil de leur père et avec qui il dormait quand leur mère n'était pas là.

Françoise s'approche de son fils, lui saisit un bras.

«Quelle sorte de trouble?

— J'sais pas au juste, mais elle se tient avec de drôles de types.

— Qu'est-ce que tu veux dire?

— Tu connais Daniel Plouffe?

— Le fils du pharmacien?

— Ouais. Il a vu Julie avant-hier au square Berri. Elle était complètement défoncée...

— Je sais qu'elle fume de l'herbe de temps en temps.

— Ben... plus défoncée que ça. Vraiment partie pour la gloire.

— Bon, il faut qu'on s'en occupe. Connais-tu quelqu'un qui saurait où on peut rejoindre mademoiselle votre sœur?»

Elle regrette immédiatement ce persiflage qui ne correspond en rien à son inquiétude.

«M'man, c'est pas le temps d'ironiser. Ça se pourrait qu'elle soit dans la merde jusqu'au cou.

— Elle s'est fait arrêter?»

Jacques regarde ailleurs, ne sachant visiblement pas comment poursuivre cette conversation.

«Accouche! Si Julie est dans le trouble, comme tu dis, j'aimerais bien savoir tout ce que tu sais. Maintenant!»

Françoise a haussé le ton plus que nécessaire. Elle fait un effort pour se calmer, pour maîtriser cette espèce d'hystérie qui la gagne. Elle voit bien que Jacques est dans ses petits souliers et que ce n'est pas facile pour lui.

«M'man, c'est possible que Julie ait été harponnée par des Jamaïcains, qu'elle soit complètement droguée et qu'elle fasse le tapin quelque part au centre-ville.»

Il formule cette hypothèse d'une seule traite, comme s'il l'expulsait avec répugnance, comme s'il ne pouvait se résoudre à l'admettre et qu'il ne se sente pas capable de la répéter.

«Elle est passée en coup de vent hier après-midi. J'ai cherché à lui parler, mais elle m'a reviré comme si j'étais le dernier des cons. Elle a ramassé quelques affaires et est repartie avec un grand Noir qui l'attendait sur le trottoir. M'man, je suis très inquiet. Ces types-là sont capables de n'importe quoi. C'est ma sœur, merde!»

Elle voit des larmes dans ses yeux. Elle le prend dans ses bras, le serre très fort. Il la dépasse d'une tête.

«Jacques, si ta sœur est mal prise, on va tout faire pour l'aider. Tout, tu m'entends. Je peux compter sur toi?»

Il se dégage des bras de sa mère.

«Peut-être que tu devrais appeler la police? Peut-être qu'il n'y a rien de grave? Je vais voir avec mes amis si on peut la retracer. Tu sais, m'man, Julie, c'est papa tout craché. T'en fais pas trop, je ne reviendrai pas très tard.»

Il essayait de la réconforter et cela la touche.

Il s'éclipse après lui avoir embrassé le bout du nez. «Comment peut-il savoir que Julie ressemble tant à son père? Il ne l'a presque pas connu», pense Françoise alors qu'un flot de larmes lui inonde les joues.

*　　*

*

Étendue sur le ventre, la tête enfouie dans un oreiller, Julie sanglote. Elle est dans un état de profond désespoir. Jeremy l'a enfermée à double tour dans une chambre sans fenêtre après avoir été le troisième homme avec qui elle a eu des relations sexuelles au cours de la journée.

Julie se sent sale et l'odeur qui se dégage de son corps lui donne des nausées. Elle a peur, horriblement peur. Personne, jamais, ne l'a menacée. Encore moins battue. La jeune femme est désorientée. Rien ni personne ne l'a préparée à faire face à une telle situation. Et il y a cette souffrance qui lui gangrène le corps. Cette souffrance innommable qui est autant morale que physique et qui résulte de l'état de manque. Elle sait qu'elle fera sans doute tout ce qu'il veut pour sentir couler dans ses veines ce feu qui lui fait oublier l'abjection dans laquelle elle se sent glisser.

Julie se lève et tente encore une fois d'ouvrir la porte de sa prison. Elle la martèle, en vain, elle donne des coups de pied, sans succès. Elle revient vers le lit, fait des efforts pour se calmer et mettre un peu d'ordre dans ses idées. Son cœur bat la chamade et ses os lui font mal. Elle se masse instinctivement l'avant-bras. Les pensées se bousculent dans sa tête. Elle ressent des émotions contradictoires. Elle pense à son père. «J'aimerais tellement que tu sois là, dit-elle à haute voix. T'aurais pas dû partir et me laisser toute seule avec ton souvenir. J'étais trop petite pour assumer ça, 'pa. Tu comprends. Trop petite! T'étais un dieu pour moi. Je te pensais capable de tout. Oh, 'pa, je suis dans la merde, je suis dans la chiasse la plus dégueulasse...»

Puis, elle pense à sa mère. «Elle n'est rien d'autre qu'un utérus que je n'ai pas choisi.» A-t-elle vraiment prononcé ces paroles terribles? Elle le regrette. Même ses meilleures amies trouvent sa haine excessive et lui reprochent cette dureté envers une femme que la plupart admirent, une admiration qu'elle-même se sent incapable d'éprouver. Elle ressent maintenant des sentiments contradictoires à son égard. Un mépris latent qui s'est un peu adouci mais qui la guette toujours et l'empêche de lui manifester l'affection qu'elle se souvient lui avoir portée quand elle était petite: quand il était là.

«Elle pourrait peut-être m'aider?» Elle refoule cet espoir, comme s'il lui en coûtait trop. «J'aime mieux crever», conclut-elle sans conviction en enfouissant sa tête dans l'oreiller humide et en laissant de nouveau échapper d'énormes sanglots, à la démesure de son mal. «Jemy me laissera tranquille quelques jours. Je ne dois pas le provoquer. Peut-être qu'il me laissera partir?» Elle sait bien qu'il ne le fera pas. Qu'il ne peut pas le faire. Elle a peur.

«Je ne suis pas une pute! Je ne suis pas une pute! Je ne suis pas une pute!» Elle crie, et les murs de la chambre lui renvoient l'écho de sa voix.

* *
*

Françoise se sent confuse, indécise sur ce qu'elle doit faire face à une situation qui lui échappe. Ses sentiments oscillent entre la culpabilité et la honte. Elle ne peut admettre que sa fille se prostitue, qu'elle soit tombée dans les pattes d'un proxénète. Elle a fait un reportage sur ce sujet quelques années plus tôt. Elle avait interviewé des jeunes femmes brisées, complètement intoxiquées, dont le visage reflétait l'enfer qu'on les forçait à vivre. Elle avait été renversée par le cynisme de ces femmes, certaines très jeunes. «Mon père bosse cinquante heures par semaine pour gagner ce que je fais en une seule journée», avait froidement affirmé une jeune femme à peine sortie de l'adolescence. «J'suis pas plus pute que ma sœur qui couche avec un type qu'elle ne peut pas sentir, mais qui lui donne tout ce qu'elle lui demande.» Une telle lucidité l'avait profondément ébranlée.

Si elles étaient généralement d'origine modeste, la journaliste avait été étonnée de découvrir que des filles de «bonne famille» faisaient aussi le trottoir. Pour une qui travaillait à titre indépendant, la plupart lui avaient avoué, sous le couvert de l'anonymat, qu'elles étaient soumises à un proxénète. Et puis, il y avait bien sûr les dilettantes, celles qui louaient leurs services de temps en temps, histoire d'arrondir les fins de mois.

Ce sujet avait été l'objet d'une discussion animée, entre filles, chez Modigliani.

«C'est un effet pervers de la société de consommation. Nous sommes toutes des putes à un moment ou un autre de notre vie! avait affirmé, provocante, Kate la saxo des Méchantes Langues.

— Vous banalisez le problème, s'était insurgée Françoise.

— Penses-tu? Se prostituer, ça veut dire se dégrader, s'avilir. Comment t'appelles ça, toi, des politiciens qui trahissent leurs idéaux quand ce n'est pas leurs électeurs, voire même leur peuple, tout simplement pour obtenir un privilège ou conserver l'illusion du pouvoir? Le pouvoir est le plus grand bordel de l'histoire.

— Un cliché!

— Françoise, tu défends l'indéfendable. On dit aussi "prostituer sa plume". Peut-on imaginer sans tomber dans la diffamation que certains de tes petits copains, et pas les moindres, soient des putes professionnelles qui bossent aussi facilement pour le capital qu'ils tapinaient avant pour la faucille et le marteau?

— Un autre cliché. Mais tu le formules pour me faire plaisir...

— Louer son corps pour vivre, ce n'est pas de la prostitution. La pute, c'est celui qui le vend par ambition.

— Il y a du Brel là-dedans, Kate. Je ne devrais jamais oublier ton diplôme de philo, avait admis Françoise en faisant référence à la maîtrise que détenait la musicienne.

— Nous ne sommes pas vraiment des putes, plutôt des courtisanes, des rusées qui utilisent leur cul et leurs bonnes manières comme une arme pour vaincre l'oppresseur», avait suggéré Jo pour faire consensus.

Cela les avait fait rire. Un peu. Jaune.

«Impossible! pense-t-elle. Julie ne peut pas...» Un sentiment de panique comme elle n'en a jamais connu la submerge. Prise entre la colère et la honte, elle se sent complètement dépassée par les événements. Au bord de l'effroi.

X

«C'est une époque où plus rien ne semble vraiment avoir de sens, ni les mots ni les gestes», disserte Benoît. Il brandit un document du ministère qui définit les organismes populaires comme des «lieux d'intégration et d'adaptation sociale».

«On est loin des "perce-neige", hein Benoît?» ironise un collègue se référant à ce que le travailleur social avait écrit dans le bulletin de liaison des organismes communautaires du quartier: «"Finie la turbulence des grandes exigences! Terminé cet espoir chevillé au cœur comme un perce-neige qui, malgré la froidure du temps, sourd de terre et se vrille un chemin vers le soleil. Nous sommes des gestionnaires de la misère humaine qui clientélisons calmement, additionnant les problématiques créatrices d'emplois. Une comptabilité absurde, comme une semence d'enfer plantée dans le champ d'une humanité qui s'anémie, faute de croître."

— On se moque de ma poésie et personne ne réagit à cette prose technocratique!»

Il s'emporte encore plus:

«Va donc dire ça aux militantes du centre de femmes qu'elles sont des... comment disent-ils ça déjà?»

Il revient au texte qui est la source de son indignation:

«... "des agentes d'adaptation et d'intégration sociales", des exploiteures de "gisements d'emplois", des "aidantes naturelles", des "intervenantes" responsables de l'"insertion" de leur "clientèle".» Il prononce ces mots la bouche en cul-de-poule pour accentuer la dérision.

«Rien que des mots, fait valoir une femme médecin de la clinique des jeunes. Tu prêtes des intentions aux gens parce qu'ils utilisent des mots que tu n'aimes pas.

— Des mots menteurs! Des euphémismes visqueux! Il n'y a rien de gratuit dans le choix des mots. S'ils peuvent exprimer l'abondance du cœur, ils peuvent aussi illustrer la sécheresse de l'âme.

— Arrête ton char, Benoît! Ma parole, tu deviens parano. Bon, admettons que la prose technocratique ne ressemble en rien à la poésie éditoriale que tu nous sers dans le canard gauchiste local. Ce n'est pas une raison pour prendre le mors aux dents de cette manière.

— Il faut avoir la conscience grosse comme un p'tit pois pour accepter cette conscription hypocrite dans les stratégies de la Grande Machine.»

L'adjoint administratif hausse les épaules. Il refuse de poursuivre cette discussion qui ne mène nulle part.

Ses collègues écoutent Benoît d'un air amusé. Ils le connaissent bien, l'admirent pour son honnêteté et sa capacité de révolte, capacité qui les a abandonnés depuis qu'ils se sont eux-mêmes adaptés à la mécanique de leur environnement social. Ils ne font plus de vagues sinon, occasionnellement, quelques vaguelettes radoteuses. Ils redoutent même cette nostalgie des années de soufre, parce que se les rappeler les force à voir l'image de leur propre recul, de leur propre démission, de leur acceptation béate d'un réel sur lequel ils ne se sentent plus de prise. Benoît dit qu'ils sont «en période de pré-arrangement funéraire», ce qui ne les indispose pas, les fait même rigoler, tant il est vrai que rien ne réussit plus à briser le rythme rassurant du doux ronron de leur vie quotidienne.

Louise apparaît au bout du corridor. Il la guettait de l'œil.

«Attends-moi, veux-tu? J'ai quelque chose à te dire.» La prostituée a été fidèle à sa promesse. Elle s'est pliée à une batterie de tests et d'examens. Elle revient pour en connaître le résultat. Le travailleur social coupe court à sa harangue, lui fait un grand geste du bras pour lui signaler sa présence et prend congé de ses collègues.

«Je t'amène prendre un café quelque part, ça te va?

— Pas plus tard que trois heures.

— Tu as une heure devant toi.»

Il l'entraîne chez Van Houtte.

«Si ça peut te rassurer, je n'ai pas encore attrapé le sida, l'informe Louise sans réussir à cacher son soulagement sous ce ton cynique. Même pas chopé une dose. Par compte, je manque de fer. Faudrait que je prenne des vacances à Schefferville.

— Bonne nouvelle! fait Benoît visiblement heureux. Et si tu en profitais pour te refaire une vraie santé, hein?

— Ne joue pas au curé avec moi, Benoît! Je bois mon lait comme ça me plaît, lui rappelle Loulou, copiant une publicité.

— D'accord, je me contente de ce petit bonheur, puisque tu m'en refuses un plus grand.

— Je te sens stressé, Benoît. Si ça peut t'aider, je t'en fais une pour rien.

— Tu sais bien, Loulou, que je passerais ma vie au plumard avec toi mais, sans vouloir t'offenser, je dois respecter mon code de déontologie. Toi qui es une professionnelle, tu comprends ça, hein?»

Elle sourit et coupe court à ce badinage amical. Elle ne lui dit pas que la petite excroissance sous son sein gauche est pas mal plus maligne que lui-même ne le sera jamais.

«Tu te rappelles la fille qui couchait dans le salon double avec un grand Noir? Seize, dix-sept ans, plutôt jolie, le nez en trompette, les cheveux mi-longs, châtains, des taches de rousseur sur les pommettes, des jambes longues comme tu les aimes, un cul...

— Tu devrais travailler pour l'identité judiciaire...

— Je pense que tu l'as croisée en sortant de chez moi.»

Il se rappelle effectivement cette fille. Une vague ressemblance avec quelqu'un de sa connaissance. Le visage fermé, buté. L'arrogance écrite dans la face et, pourtant, une fragilité qui se décèle dans le regard et dans une certaine gaucherie du geste.

Il en a connu des dizaines comme elle. Il a même rédigé une monographie traitant du profil de la désespérance chez ces jeunes personnes qui fuient la vie comme si c'était la pire chose qui leur soit arrivée. Un cadeau empoisonné. Une mauvaise blague. Et parmi cette multitude, il en a connu qui se sont réconciliées avec l'idée de vivre, certaines apprenant même éventuellement à mordre dans la vie à pleines dents.

Il se souvient de quelques autres, par ailleurs, que la mort a emportées prématurément, comme si la Faucheuse avait voulu accomplir un acte de compassion ou réparer une erreur de la nature. Plusieurs ont sombré de l'autre côté du monde, ce côté sombre et froid qui n'est pas réellement la mort, mais qui n'est déjà plus la vie. Il les connaît bien, mieux que la plupart des personnes qui les côtoient, mieux, croit-il parfois, qu'elles-mêmes. Il ressent énormément de compassion pour ces jeunes femmes qui, comme Louise, ont vu se rétrécir leur univers pour finalement se trouver confinées dans l'espace clos des chambres sordides, des maisons vouées au pic du démolisseur, des sièges arrière d'automobiles. Une collègue d'origine israélienne le surnomme affectueusement «le sabra». Comme ce fruit du désert, il a l'épiderme rugueux, dur, piquant à l'extérieur; mais plein de tendresse dort sous cette peau d'ours plus ou moins bien léché.

«Je m'en souviens vaguement, répond-il.

— Eh bien, laisse-moi te dire qu'elle risque de gros ennuis, cette petite.

— Comment...?

— Elle a été prise en main par un Jamaïcain qui est musicien, mais, surtout, qui est copain avec des types qui font bosser les filles. Des violents.

— Tu connais la fille?

— Pas jasante, la petite. Une fugue, comme les autres. Ils m'ont raconté toute une histoire et j'ai accepté de les garder deux jours, pas plus. Je voulais mieux connaître la fille. C'est sûrement une petite fille bien. Pas le genre chiante. Pas avec moi du moins. Elle m'a même aidée à faire un peu de ménage avant de partir. Elle m'a dit que sa mère est quelqu'un d'important et que son père était un artiste.

— Était un artiste?

— Il serait décédé il y a une douzaine d'années. J'ai pas pu savoir comment, sauf que la petite semble en vouloir beaucoup à sa mère.

— Elle l'a tué?

— À l'entendre, c'est tout comme. Elle la déteste vraiment, mais j'ai l'impression qu'elle est plutôt confuse...

— Une fille de Montréal?

— Je crois. Tu sais comment il fait, le Jamaïcain?

— Comme les autres, je suppose. Grosse drague. Soupers au restaurant. Concerts rock. Discours sur la belle vie. Beaucoup de tendresse et de compréhension. Il a quel âge ce type?

— La vingtaine. Beau garçon. Une gueule de mac.

— Dope?

— Ben...

— Ils prenaient quoi, chez toi?

— Chez moi? Que de l'herbe! Il avait une poignée de seringues et une pipe en vitre dans son sac.

— *Dealer?*

— Si c'en est un, je ne le connais pas.

— Pourquoi tu fais ça?

— Parce que la p'tite m'est sympathique et que je pense vraiment qu'elle est en route pour l'enfer. Peut-être aussi que je me fais vieille et que je supporte moins bien certaines choses. Tu t'en occupes?

— C'est pas mon secteur. Moi, c'est la cloche.

— Je ne suis pas une clocharde!

— Toi, Louise, c'est pas pareil, c'est une histoire d'amour.»

Il lui caresse la joue.

«Tu vas me faire craquer, fait-elle en consultant sa montre. Je vais être en retard à mon rendez-vous galant.»

Elle avale son café.

«Tu as bien fait de m'en parler. Je vais voir avec une collègue ce qu'on peut faire pour cette fille. Je...»

Louise l'embrasse furtivement et s'éclipse.

«Il y a du poulet froid dans le "frigérateur", pis y faudrait que tu nourrisses Bella parce qu'elle a toujours faim.» Le poulet froid doit être un don de Clara, pense Benoît. Quant à la chatte, il s'agit plutôt d'un rappel un peu revanchard de ce que lui-même dit régulièrement à son fils. Celui-ci l'informe qu'il est chez «la Clara». Il ne dit jamais «ma tante» quand il parle de la sœur de Benoît, mais «la Clara», comme il a déjà entendu son père la nommer. De toute manière, il importe davantage aux yeux d'Alexandre qu'elle soit la mère de Sophie que la sœur de son père. «C'est bien important que je couche avec Sophie parce que j'ai des choses à lui dire dans la "timité".» Benoît sourit, jongle avec l'idée d'appeler chez Clara sans plus attendre pour voir s'il reste encore de l'innocence et de la poésie dans l'inépuisable réserve de son fils et aussi pour s'assurer que celui-ci ne la dérange pas. Il décide plutôt d'écouter les autres messages mis en conserve dans sa boîte vocale.

«J'attends encore ton rapport, Benoît», dit d'une voix lourde de reproche la secrétaire de son patron immédiat. «Ça fait trois fois que je te le demande. Je l'attends sur mon bureau dans quarante-huit heures, pas plus.» Il hausse les épaules et fait un bras d'honneur à l'intention de l'invisible fonctionnaire.

«Je ne voudrais pas vous déranger, mais j'aimerais vous voir le plus tôt possible. C'est personnel, rien à voir avec le reportage.» Il reconnaît sa voix immédiatement. Il en ressent un certain émoi. Il réécoute le message. Beaucoup d'angoisse. Il ne sait que penser. Il y passe un sentiment d'urgence.

Il téléphone à son travail et on lui répond qu'elle vient de partir. Il téléphone chez elle. Pas de réponse. Il laisse un court message sur le répondeur, confirmant qu'il a bien reçu son message et lui rappelant ses propres coordonnées.

XI

«Je laisse tomber!»

Roger allait porter la fourchette à sa bouche. Il arrête son mouvement à mi-course, lui décoche en sourcillant un regard amusé et avale un énorme morceau de chair de crustacé sans plus se soucier d'elle.

«J'abandonne, insiste-t-elle. J'en ai assez de ce foutu métier qui m'empêche de vivre. J'en ai ras le bol de "canner" toute cette merde offerte en pâture à une bande de tarés que plus rien n'émeut.

— Tu me passes ta pince à homard, ma chérie?»

Il s'en empare.

«Tu sais quoi? J'aurais dû devenir enseignante comme j'en rêvais quand j'étais petite. J'aurais eu le temps de vivre. Qu'est-ce qui m'a pris de faire ce foutu métier de charognard qui n'est même pas un vrai boulot honnête? Qu'est-ce que je produis d'utile, moi, hein?

— Rien.»

Roger enfourne une portion gargantuesque de riz à la tomate qu'il a soigneusement noyé dans la sauce à l'harissa.

«Tu l'as dit, bouffi! Rien, répète Françoise avec une insistance masochiste. Ce reportage sur la cloche montréalaise, c'est du caca d'oie. Un cirque. Ne pourrait-on pas les laisser tranquilles, ces pauvres types? On les force à faire les pitres devant la caméra. T'as vu, ils s'en fichent complètement de toutes mes questions stupides. Ils prennent leur pied à faire du cinéma. Ils en rajoutent.

— Je peux...?»

Elle n'a que peu touché à son assiette et Roger souhaite visiblement faire un sort à ses crevettes grillées et aux petits calmars frits qu'elle a commandés.

Assis à sa table d'angle habituelle, Christos les observe en silence. Le Grec les connaît bien, comme il connaît presque toute sa clientèle, constituée essentiellement d'habitués.

«Tu veux vraiment présenter ce mauvais reportage? C'est mal parti, Roger. Du jaunisme, de la merde que je te dis. La Maison du Père, ça va, même si ce n'est pas très original. *L'Itinéraire*, stimulant. L'incurie de l'État, le prêchi-prêcha clérical, la solidarité salariée, j'en raffole. Mais cette enfilade d'entrevues avec des originaux...

— Tu te répètes, note le réalisateur.

— Ah, tiens, tu m'écoutes? Je croyais que seul Christos s'intéressait vraiment à ce que je disais.

— Je te trouve passionnante. À propos, j'ai oublié mon porte-monnaie...

— Plus tu vieillis, plus tu es dégueulasse.»

Roger hausse les épaules.

«Dans mon monde, c'est celui qui invite qui paie. Tu sais que j'ai laissé tomber un joli brun avec une bouche de suceurs de noyau de pêche pour répondre à ton appel? Il me semble que cela commande respect et reconnaissance.

— Vieille pédale dégénérée!

— Après ce reportage-ci, qui fera sans doute beaucoup de bruit, nous travaillerons sur le dossier de la violence juvénile. Je signe demain avec Télé-Québec. Six émissions. Qu'est-ce que t'en dis? Une idée qui m'est venue à la suite de ce qui s'est passé au parc La Fontaine. Tu sais la vieille femme qui a été brûlée vive par trois enfants?...»

Il accroche le regard de Françoise. Il est humide.

«O.K., on recommence. Vrai gros problème, hein?»

La journaliste hoche tristement la tête.

«Je t'emmène à la maison et on en parle en sirotant un vieux scotch, suggère Roger. Mais tu paies quand même.»

Il lui arrache un demi-sourire.

Rue Saint-Paul, presque au coin de Berri. Une bâtisse deux fois centenaire, en pierre grise, solide. Dix générations d'élèves sont venus y user leurs fonds de culottes et se remplir la mémoire de tout ce qu'il faut savoir pour franchir le seuil de l'ignorance. Combien de rêves ont été échafaudés dans ces classes? L'immeuble est imprégné des effluves et des murmures du temps: des odeurs de craie et de vêtements humides, des parfums de jeunes filles, cela va de soi, puisque l'établissement n'a accueilli qu'elles, des sanglots d'enfants et, peut-être, les soupirs d'un premier chagrin d'amour. Un relent tenace d'encaustique rappelle cette propreté religieuse qui faisait reluire les parquets de bois vernis comme des sous neufs. Écho d'âmes mortes. Fleurs de couvent. Fragrances d'une époque révolue.

Si cela avait été possible, Françoise aurait aimé habiter ce vieux couvent transformé en coopérative d'habitation:

douze appartements spacieux, la plupart en duplex, un parc de laveuses et sécheuses, deux vastes salles communautaires dont une aménagée en confortable biblio-cinémathèque. Des ateliers au rez-de-chaussée. Le vieux couvent n'abrite que des artistes, état qui est la condition préalable à l'obtention du privilège de sociétaire. Roger y habite à titre de cinéaste et assume la responsabilité de l'animation du ciné-club local.

Une terrasse fleurie est aménagée sur le toit, où poussent, parmi les lys, les roses, les chrysanthèmes et dix autres variétés de fleurs, des ficus, des bouleaux pleureurs et des conifères nains. Des koï nagent paresseusement dans un petit étang, à l'ombre des nénuphars, des lotus et des jacinthes d'eau. Des bancs de parc ont été installés entre des massifs, jamais très loin d'une des trois fontaines qui complètent l'aménagement de cet éden urbain. Un endroit étonnant, propice au repos et à la réflexion. Françoise adore cette oasis.

La vue sur le mont Royal y est magnifique. Roger et Françoise se taisent tandis que s'éteint, dans les mauves et les ors de l'automne naissant, un soleil immense. Au sud, presque à leurs pieds, le fleuve coule vers la mer, naviguant à l'œil entre les îles d'Expo 67. Une foule encore importante se presse dans le Vieux-Port. L'île Sainte-Hélène semble étonnamment proche depuis qu'on a ouvert toute grande la fenêtre de Montréal sur l'un des plus beaux cours d'eau du monde. À l'est, le pont Jacques-Cartier s'élance d'une rive à l'autre avec élégance. Quelle belle ville! pense Françoise.

L'ancienne cour du couvent est devenue un stationnement où sont garées deux camionnettes de camping Westphalia, trois autos japonaises et une dizaine de vélos.

Une propriété commune qu'entretient un sculpteur-mécano membre de la coopérative. Une serre jouxte l'ancienne salle des fournaises.

«Une soirée magnifique.»

Roger revient avec deux verres remplis de glace, une bouteille d'eau de source et une autre de Glenlivet.

«Quand on aura bu tout ça, il sera temps de dormir.»

Il fait le service.

Ils regardent un temps, sans échanger un seul mot, les patineurs zigzaguer entre les passants qui déambulent sur la vaste promenade longeant le fleuve. La circulation automobile est maintenant plus fluide. Rien à voir avec la congestion de l'après-midi. Encore moins avec les embouteillages de la fin de semaine. Un train d'attelages endimanchés transportant des touristes japonais, sans doute des congressistes, passe lentement. Françoise reconnaît des équipages et pense à Longtime-No-See. Elle pense aussi à l'Artiste et, nécessairement, le souvenir de Luc Genois s'impose à elle avec force.

«J'ai vu Luc Genois.»

Roger manque d'échapper son verre.

«Qui?

— Luc.

— Mais tu es devenue complètement folle. O.K., tu prends un mois de repos aux frais de la compagnie. Va n'importe où. En Inde, par exemple. Trouve-toi un ashram et refais-toi une santé.»

Il pose son index sur le front de Françoise: «Surmenage, diagnostique-t-il doctement.

— Sans doute, confirme la journaliste. Sans doute. Mais c'est plus que ça, Roger... Je t'assure, je l'ai vu. Je lui ai même parlé.

— Françoise!...

— Tu sais, le type que l'on surnomme l'Artiste...

— Tu lui as parlé? Il ne ressemble pas à Luc Genois. En aucune manière.

— Tu ne l'as pas vu comme moi. Je devrais plutôt dire que j'ai essayé de lui parler. Il m'a fait la morale, s'est fâché et m'a plantée là sans avertissement.

— Me semblait aussi...

— Un type change nécessairement en dix ans... Roger, je sais que c'est lui.

— Il vaudrait mieux que ce ne soit pas le cas. Et, de toute façon, ce ne l'est pas.

— C'est dans les yeux. Ce sont toujours les yeux des types qui me frappent d'abord.

— Moi, c'est le...

— Roger!

— Bon. Ça va. Les yeux, hein?

— Il me semble toujours que toute la vérité d'une personne peut se lire dans son regard. Tu ne trouves pas?»

Elle n'attend pas sa réponse.

«Luc possédait ce genre de regard qu'on dirait chargé de trop de vie. Il était de ces gens qui viennent au monde vieux.

— Sisyphe devait avoir ce regard-là, commente Roger. Et Nietzsche.

— C'est ça, le regard de ceux qui n'en ont jamais vraiment fini avec la vie. Comme si celle-ci ne voulait pas les lâcher, comme si le repos du grand néant ne leur était pas permis. Il est mort comment, Sisyphe?

— D'une attaque, répond promptement Roger. De la nouvelle peste et de l'ancienne aussi. Il est mort quand il a compris qu'il n'y avait pas de sens à pousser éternellement un gros caillou dans une côte. C'est la sagesse qui l'a tué. L'autre est mort en braillant dans les bras de sa mère.

— J'ai pas besoin d'aller en Inde, je t'ai.»

Roger passe son bras autour de ses épaules.

«Toi tu sais parler aux hommes, ma biquette.»

Elle se blottit contre lui.

«Un parfait salaud, voilà ce qu'il était. Et tu étais la seule à ne pas t'en apercevoir. Un maniacodépressif doublé d'un égoïste.»

Et il lui dit ce qu'il en savait, comme s'il avait été la Voix des morts en personne.

«Je l'ai connu à la Casa espagnole, au milieu des années soixante. Beau bonhomme, mince comme un matador, un cul à faire damner une tante le moindrement en chaleur, cheveux noirs sur les épaules. Il faisait bander les gars et mouiller les goélettes qui naviguaient dans son sillage. J'étais pluriel à l'époque, je bandouillais bien un petit peu, honteusement.

«Il fréquentait les Beaux-Arts et campait chez Pépé, comme plusieurs d'entre nous que Pépé nourrissait à l'œil.

«Je n'en suis pas trop certain, mais je pense que Luc Genois fourguait un peu de poudre aux accros qui fréquentaient alors les boîtes du centre-ville. Ce que je sais cependant, c'est qu'il recherchait la compagnie des filles de bonne famille qui l'entretenaient avec autant de soin que leurs mères pour leurs caniches. Et je me demande s'il ne se tapait pas les mères des caniches à l'occasion. Un peu gigolo sur les bords, ton Luc Genois. Un prédateur. Je pense qu'il sentait ses proies. Il avait un pif à capter toutes les phéromones utiles.

«Il obtenait ce qu'il voulait et décrochait. Un cas. Je pense que ce type n'est jamais tombé amoureux de qui que ce soit. Jusqu'à ce qu'il te rencontre et que tu te laisses engrosser plutôt deux fois qu'une. Je pense qu'il a tellement été surpris qu'il en a oublié ses principes et qu'il s'est un peu fixé. Je pense qu'il adorait les enfants. Je ne sais pas ce qu'il t'a dit le concernant. Connais-tu sa famille? Cela m'étonnerait fort.

— Je n'ai jamais cherché à savoir. Il m'a dit que ses parents étaient morts durant la guerre. Qui s'est occupé de lui? Je n'en sais strictement rien. Avait-il des frères et des sœurs? *Idem.* Il avait dix ans de plus que moi quand je l'ai connu. Quand tu me l'as présenté devrais-je dire. C'était le jour de son anniversaire. Vous le fêtiez et chantiez *Quand on aime on a toujours vingt ans* et il rétorquait en affirmant que «c'est à trente ans que les hommes sont beaux». J'en suis tombée amoureuse immédiatement. Je l'ai connu à trois heures, à dix je me le faisais et je pense que nous avons baisé pendant un mois, ne dormant que le temps nécessaire à la récupération. Un marathon. Un rallye, un exploit sportif. La grande bouffe. Je l'ai complètement vidé de sa substance et quand ma fringale a été apaisée, je pense qu'il avait les couilles aussi asséchées qu'une rivière espagnole au mois d'août ou que des figues déshydratées. Étonnant que Julie ne soit pas née obèse.

— Succube! Je connais tes appétits.»

La référence à la brève nuit qu'elle lui avait offerte, par amitié, par tendresse, pour lui dire qu'elle l'aimait bien, était le plus délicieux moment qu'il eût connu avec une femme.

«J'ai cru un temps que je t'avais converti à la vraie foi, dit-elle en esquissant un léger sourire.

— Le Grand Gay veillait au grain. Et ses anges aussi, réplique Roger, ravi de la voir de cette humeur.

— Alléluia! conclut Françoise.

— Il était maniacodépressif. Tu le savais? Il passait par des périodes de très grande activité. Il s'enfermait alors dans son atelier et travaillait comme un dingue en éclusant des océans de gros rouge marocain et des lacs de café. Il ne sortait que pour voir l'une ou l'autre de ses vestales, histoire de lui faire un câlin, d'entretenir son feu sacré et de lui soutirer ce qu'il pouvait. Il débarquait à la Casa et faisait des effets de toge. Il était l'Artiste, comme aiment se l'imaginer les bourgeoises et les collégiennes. Cheveux longs, corps de rescapé de la dernière grande disette, gueule de tendre voyou, œil de feu et mains de créateur, souples et fortes, col roulé, bottes de cow-boy, veston tantôt cuir, tantôt velours, pantalon noir, les touristes croyaient qu'il débarquait tout juste de Saint-Germain-des-Prés. Il était tout ça, et c'est cette image qui t'a fait chavirer. T'as toujours eu un cœur de midinette.»

Elle accuse le coup. Roger poursuit.

«À la saison "down", il passait du marocain à la grosse bière. Sa cour se déplaçait tantôt à l'hôtel Iroquois, tantôt à la Grange où il les faisait communier à son spleen. De quoi en faire baver Baudelaire. Il ne faisait rien d'autre que vagabonder ici et là, faisant parfois le coup de poing avec un fédéraliste égaré ou un papillon qui butinait ses fleurs. "Mes fleurs", c'est ainsi qu'il avait baptisé la demi-douzaine de donzelles qui habitaient son jardin. D'ailleurs, tu te souviens, il te fleurissait, toi aussi. Et Julie.»

Bien sûr qu'elle se souvenait. Cela l'agaçait, mais ravissait sa fille. Il avait fini par ne plus la nommer ainsi, réservant l'épithète à Julie qui n'en avait sans doute été que plus contente. Petite victoire dans un grand combat pour le cœur d'un homme.

«On peut pas dire qu'il ne savait pas y faire avec les femmes, Luc Genois. Mais ça, tu le sais mieux que moi. Tu veux savoir ce que je pense? Tu veux vraiment le savoir?»

Elle était venue pour cela. Il n'attend pas qu'elle le confirme.

«Je pense qu'il s'est vite senti emprisonné et que la naissance de Julie lui a fait peur. Je pense que, même s'il aimait les enfants, il t'en a voulu quand Jacques est venu au monde. Comme s'il s'était rendu compte que tu le forçais à assumer une responsabilité qui le dépassait. Puis, tes affaires se sont mises à marcher. Tu gagnais bien ta vie et faisais bouillir la marmite. Tu étais indépendante. Tu n'avais pas besoin de lui.»

Elle a failli dire: «Mais oui, j'avais besoin de lui. Terriblement besoin.» Elle se retient.

«Tu sais, il n'était pas très bon sculpteur. Peintre non plus, même s'il dessinait avec énormément de facilité. Il ne voulait cependant pas faire autre chose, espérant que tôt ou tard la chance lui sourirait. Comme plusieurs artistes qui tardent à percer, il vivait plutôt mal son infortune et la noyait dans l'alcool et la dope. Sans chercher à faire dans la psychologie populaire, je pense que plus ta carrière allait bien, plus sa marginalité lui pesait. D'autant que tu bossais à Radio-Canada et que ta notoriété, contrairement à bien d'autres dans la même situation, ne lui rapportait rien. Pas la moindre *plogue* alors que n'importe quel livre de recettes de la petite amie d'un membre de «la grande famille» ou un récit de voyage se voit propulser au rang d'événement culturel du siècle par la fée médiatique. Il en est mort. Et ce n'est pas ta faute.»

Il veut ajouter «et tu devrais tourner la page», mais il freine juste à temps. Ce genre de moralisme n'est pas permis entre amis. On ne conseille pas ceux qu'on aime, on les accompagne dans leur chagrin jusqu'à ce qu'ils puissent renouer avec les petits bonheurs qui rendent le quotidien vivable.

«Tu sembles ne l'avoir pas beaucoup aimé?

— Aimer, c'est un grand mot et tu sais ce qu'il signifie pour moi. Je n'aime que trois femmes et trois mille hommes. Au deuxième niveau de mon cœur, il y a mes amis, les gens que je fréquente avec un certain plaisir, ceux que je ne fuis pas ou ne fais pas semblant d'ignorer quand je les croise. Et puis, il y a ceux qui ont voté "non" au référendum mais que je n'envoie pas chier parce qu'il faut bien vivre. Ce sont les autres que je n'aime pas.

«Ton Luc, je me le serais bien payé, mais je n'en avais pas les moyens. Alors, je te comprends de l'avoir bouffé, toi qui n'en manquais pas. Il s'envoyait en l'air avec tes copines alors que tu étais enceinte de Jacques. Je ne t'apprends rien.

— Je le sais. Faut dire que je ne peux pas lui faire la leçon à ce chapitre...

— Il le savait aussi. Comme il se doutait bien que tu faisais acheter ses œuvres par l'un ou l'autre des types que tu t'envoyais. Le Roi de la micro-brasserie, par exemple.

«Il était condamné. On ne peut pas vivre très long-temps quand on ne s'aime pas. Parce que c'était là le problème de Luc Genois. Il n'avait jamais appris à s'aimer, pas plus qu'il ne savait vraiment aimer les autres. Il confondait le coup de cul avec le coup de cœur. Il n'était pas un très bon artiste parce qu'il ne savait pas traduire son mal, ses bosses et ses plaies dans son œuvre. Séduire, c'est bien. Toucher, c'est mieux.»

La nuit était tombée sans qu'ils s'en aperçoivent. Des lampions s'étaient allumés. Les bruits de la ville se faisaient encore plus discrets. Sur l'île Sainte-Hélène, des réflecteurs tiraient des salves de lumières jaunes sur la tour de la Poudrière.

«Tu me sers un dernier verre?»

Françoise frissonne un peu. La nuit s'annonce fraî-che.

«On le prendra à l'intérieur, si ça ne te dérange pas trop. C'est que j'ai un peu froid, moi. Et... peut-être que tu me parleras de Julie?»

C'est ce qu'elle aimait de ce type. Il savait aimer.

XII

Trop d'appels l'attendent au bureau et elle n'a pas la tête au travail. Elle s'est confiée à Roger plus qu'elle ne l'aurait fait avec quelqu'un d'autre.

«Peut-on être jalouse d'une petite fille, Roger?

— J'imagine que oui, puisqu'il m'arrive de l'être d'un garçon quand mon *chum* s'attarde trop sur la chair d'un gamin.

— Ce n'est pas ça, Roger. Quoique... Julie a toujours su séduire et Luc a été conquis dès l'instant de sa naissance. Tu sais, il n'était pas aussi pire que tu le dis.

— Non, je le sais bien. J'exagère toujours. Je pense que tu prêtes à Julie une qualité que tu possèdes en abondance. Luc Genois t'aimait vraiment. Même quand ça n'allait plus du tout. Et il aimait Julie plus que de raison. Peut-être qu'il a reporté sur elle l'affection qu'il ne pouvait plus te communiquer? Je ne sais pas et je ne veux pas tomber dans la psychologie populaire.

— Elle se drogue, Roger.

— Elle est de son temps.

— Je ne parle pas de l'herbe, Roger.»

Il ne répond pas.

«Je ne sais pas quoi faire. J'ai peur.

— J'ai peur aussi. La révolte adolescente peut être terrible. Tu sais qu'ils font des soldats particulièrement cruels? Ils attendent tout et rien de la vie. C'est un âge où l'on a un sens aigu de l'absurdité de l'existence. Les adolescents vivent souvent très mal la grande trahison de nos incohérences. Je pense que Julie t'attribue la responsabilité du départ d'un père forcément mythique puisqu'elle ne l'a que peu connu. Te sachant forte, elle prend pour le faible.

— C'est ça, de la psychologie populaire?...

— Non. C'est la seule réponse que je connaisse à ta question. Je n'aime pas l'adolescence. C'est un âge assassin.»

Julie n'est toujours pas revenue. Il ne reste presque plus rien dans sa garde-robe. Jacques ne l'a pas vue non plus et il ne cache pas son inquiétude. Il refuse le croissant aux amandes que sa mère a fait réchauffer à son intention.

«Ses amies ne savent pas où elle est. J'ai téléphoné à celles que je connais. Personne ne l'a vue depuis plusieurs semaines. Dominique m'a dit qu'elle est sans doute avec Jemy. Je ne le connais pas, ce type-là. Elle l'aurait rencontré aux tam-tams au début de l'été. J'ai demandé aux Zombies d'ouvrir l'œil...

— Aux quoi?

— Les Zombies? Un gang d'Haïtiens. Ils détestent les Jamaïcains.

— Depuis quand fréquentes-tu ces gens-là?

— Je ne les fréquente pas, m'man. J'ai rendu service à la divine Clémentine et...

— À qui?

— La divine Clémentine. Une fille à l'école. Son frère est le chef des Zombies. C'est pour ça qu'on l'appelle la divine Clémentine. Un jeu, m'man. C'est rien qu'un jeu. On se donne des noms, comme ça...

— Et quel service as-tu rendu à la... divine Clémentine?

— Je l'ai un peu aidée pour l'examen de maths. Mais l'important, m'man, c'est Julie. Je te parlerai de mes fréquentations une autre fois. Si tu veux, je t'apprendrai le langage secret des Zombies. Ça te va?»

Françoise ne sent aucune impertinence chez son fils. Il fait montre d'un sens de la responsabilité qu'elle ne lui connaissait pas. Le sort de sa sœur le préoccupe. Il a décidé d'en faire son affaire. Elle n'est pas seule.

«Écoute, Jacquot, je m'en occupe aujourd'hui. Ça me fend le cœur, mais je vais signaler sa disparition à la police. Après ce que tu m'as révélé, je ne peux faire autrement. D'accord?

— On n'a pas le choix, m'man. C'est ma sœur, même si elle me fait chier plus souvent que nécessaire. Je ne veux pas qu'elle ait des emmerdements.

— Et si tes Zombies et toi trouvez quelque chose, tu m'appelles tout de suite au bureau. D'accord?»

Il lui adresse une série de gestes qui ressemblent à la chorégraphie manuelle d'un entraîneur de baseball.

«C'est quoi, du sourd-muet?

— Du Zombie, m'man.

— Traduction?

— J't'aime, m'man. On la sortira de là.»

Elle forme trois petits tas de feuillets roses, les messages de sa boîte vocale. Ceux qui ne sont pas si urgents et qu'elle retournera plus tard ou jamais: l'organisatrice d'une fête des «retrouvailles» pour les élèves de son collège, la recherchiste d'une émission d'affaires publiques, un professeur de sciences politiques qui la poursuit de ses assiduités. Ceux qui commandent une réponse: sa mère, sa belle-sœur, sans doute pour l'inviter à souper à l'occasion de l'anniversaire de son frère, Jeff Bradley du réseau PBS qui veut l'accueillir à son émission d'affaires publiques et la draguer par la même occasion, un mandarin fédéral du Conseil privé qui n'a certainement pas apprécié son reportage sur le népotisme dans la fonction publique canadienne. Trois messages nécessitent une réponse immédiate: Jo qui est alitée, victime d'une mauvaise grippe, Benoît, le travailleur social un peu boy-scout qu'elle trouve sympathique et Jacques.

«Gros Pierre l'a vue tard hier soir dans l'ouest. Il vient juste de m'appeler.»

Jacques connaît deux Pierre, aussi différents l'un de l'autre qu'il peut être possible de l'être. L'un est un gentil colosse au visage poupin, qui ne sait pas quoi faire de son immense corps et se dandine comme un canard aussitôt qu'on s'adresse à lui. L'autre, un jeune homme nerveux, de petite taille, qui s'exprime en rafale et parle si vite qu'il est à peu près impossible de suivre sa conversation. Le premier se montre d'un commerce facile et elle aime bien ce gros ours toujours prêt à rendre service. Pierre le Petit est agressif et querelleur. Comme c'est souvent le cas pour les hommes de sa taille, il est du genre à cogner d'abord et poser les questions ensuite, au risque d'une dégelée. Il est futé comme un singe et amoureux de Julie à en être malade.

«Où?»

Cette nouvelle lui apporte un immense réconfort.

«Dans l'ouest, pas loin du Forum. Elle est avec deux Jamaïcains. Maman, Gros Pierre dit qu'elle n'a pas l'air bien. Il ne s'est pas trop approché parce que les Jamaïcains, tu sais...

— Qu'est-ce qu'ils ont, les Jamaïcains? demande-t-elle plutôt brusquement, fleurant le racisme dans cette insistance à l'identification ethnique.

— Eh ben, c'est que...

— Accouche, Jacques, dit-elle un peu brutalement.

— Ces gars-là n'ont pas tellement bonne réputation.

— Comment ça? Qu'est-ce que t'essaies de me dire?

— Des *pushers*, ils bossent pour les Sweet Devils.

— Les qui?

— Les Sweet Devils, un gang de l'ouest.

— Ça ne veut pas dire qu'elle en vend.

— Maman, j'ai peur que tu ne comprennes pas.

— Comment ça, je ne comprends pas! Tu soupçonnes ta sœur de s'adonner au trafic de la drogue et je ne comprendrais pas. Je suis née au XXe siècle, tu sais. Ce que j'en dis, c'est qu'il ne faut pas l'accuser sans preuve.

— Ce n'est pas ça. Tu ne te souviens pas de ce que j'ai dit. Les Jamaïcains, ils font travailler des filles pour eux.»

Le cœur de Françoise arrête de battre.

«T'es toujours là maman?... Je vais aller faire un tour dans le coin avec les deux Pierre et les Zombies. Si on la trouve, on la ramène.»

«P'tit con!» pense-t-elle.

«Bouge pas, Jacques. Te mêle pas de ça. Je m'en occupe tout de suite.»

Elle raccroche.

Elle tremble de tout son corps. «Pas Julie! se dit-elle. Pas Julie.» Les larmes lui montent aux yeux et un sentiment de panique la gagne. Elle se réfugie dans la petite salle de maquillage, inoccupée pour l'instant. Elle s'y enferme à double tour et s'effondre dans un fauteuil. Elle pleure tout son soûl et plus encore. Les larmes lui viennent par torrents, comme d'énormes vagues, d'épais rouleaux de houle brûlante qui prennent leur élan loin à l'intérieur d'elle-même avant de refluer avec violence hors de ses yeux. Elle se sent drainée, comme si on la vidait de sa substance. Elle cherche à former une image de Julie dans sa tête et elle s'étonne que cela soit si difficile. Des traits apparaissent, puis se dissolvent sans jamais se fixer.

Puis, lentement, au fur et à mesure qu'elle s'assèche, des souvenirs affluent dans le plus grand désordre.

«Mon papa, il est mort, hein Françoise?

— Il est parti, Julie.

— Et il va revenir?...

— Non, Julie.»

Elle a pris le parti de la vérité. Rien ne servait de laisser planer des illusions.

«Moi, je le sais pourquoi il est parti, mon papa.

— Pourquoi Julie?

— Parce qu'il n'était plus bien avec toi. Parce que tu n'es jamais là. Quand il reviendra, je partirai avec lui. En Espagne.»

Quand Julie part, c'est toujours pour l'Espagne. «Tout seuls», avait-elle pris la peine d'insister. «Peine d'enfant», s'était dit Françoise. Elle n'avait pas su identifier cette ivraie qui germait dans le cœur de sa fille.

Les années ont passé. Julie se réfugie dans le silence. Elle dort plus souvent chez ses petites amies qu'à la maison. Elle passe les vacances d'été au camp où elle entraîne son frère, ce qui fait l'affaire de Françoise qui peut ainsi passer les siennes en Europe ou aux États-Unis sans avoir à solliciter la bienveillance familiale. Parfois, elle se montre plus ouverte, un peu plus chaleureuse, et laisse des petits mots ou des dessins sur la table. Les expressions d'affection s'espacent au fur et à mesure que Julie vieillit et ne deviennent que pures formalités, tactiques de manipulation, expression de la roublardise adolescente. Elles cessent lorsque Julie a ses premières règles.

* *
*

«J'aimerais que tu me dises où tu couches quand tu décides de ne pas rentrer.

— Arrête de m'écœurer. Je suis assez grande pour me débrouiller toute seule. Je ne te demande pas où tu couches, moi, quand tu nous fais garder.

— On ne parle pas de cette façon à sa mère!»

Julie la toise.

«Je t'ai pourtant parlé calmement, pourquoi es-tu aussi agressive, Julie?»

Elle reste silencieuse.

«Tu pourrais peut-être répondre!

— Je vais aller en parler à mon père.»

Elle s'enferme dans sa chambre où elle dialogue avec un souvenir que des dizaines de photos gardent vivant dans sa mémoire.

* *
*

«Je ne te paierai pas un appartement, Julie. Pas question! Si tu décroches, tu travailles. C'est clair?

— Mon père aurait été plus compréhensif. Je le comprends de t'avoir plantée là.

— Il n'y a pas que moi que ton père a plantée là, comme tu dis. Tu oublies toi et Jacquot.

— J'aurais dû partir avec lui.

— Je ne te laisserai pas me parler sur ce ton à cause d'un ivrogne qui a fui ses responsabilités.

— T'es rien qu'une crisse de chienne!»

Elle n'a jamais frappé ses enfants. La gifle claque comme un coup de fouet. Des perles de haine apparaissent immédiatement dans les yeux de Julie. Elle lui jette un regard chargé de mépris.

C'est au début de l'été. Julie a claqué la porte.

Elle est revenue deux jours plus tard et s'est excusée. Françoise a fait de même. Moins la paix qu'une trêve fragile. Mais Françoise le sait, rien ne sera plus pareil. Du moins à court terme.

«Pourquoi me détestes-tu tant que ça, Julie?

— On n'est pas obligé d'aimer ceux qui nous ont mis au monde. L'amour, ça se mérite.

— Et en prime, suis-je obligée d'endurer ton arrogance?...»

Elle a décidé de laisser filer et de se montrer conciliante. Julie, quant à elle, n'est plus qu'indifférence polie et froideur. Elle la croise parfois à la cuisine, elles se saluent, échangent des banalités.

«Ça va, au collège?

— Oui, oui, ça va.

— Et ton ami Michel, ça va aussi?

— Je ne suis plus avec lui.

— Ah! Il me semblait plutôt bien, non?... Et c'est qui le type qui a dormi ici?

— Un ami.

— Et il a un nom, cet ami?

— Thierry, je pense.

— Tu me le présentes un de ces jours?»

Julie s'accroche la moitié d'un croissant entre les dents pour éviter de devoir répondre.

«Invite-le à dîner dimanche prochain.

— Ouais.»

Porte de salle de bains qui se referme sur la fille, journal qui se déplie sous les yeux de la mère, fin de la conversation.

«Et si elle partait? Si elle allait vivre ailleurs?» Il lui arrive d'imaginer que leurs rapports se résument à quelques appels téléphoniques espacés et à trois ou quatre visites annuelles. Un chromo affectif à goût d'Amérique. Mais ce n'est qu'une fuite en avant, un placebo pour l'empêcher d'avoir encore plus mal; un besoin de créer une vraie distance, un éloignement physique qui expliquerait tout. La présence de Julie devient de plus en plus lourde, un fardeau psychologique presque insoutenable, un rappel constant d'une faute qu'elle ne sait plus trop bien si elle l'a ou non commise.

Françoise ne se souvient pas d'avoir autant souffert que par sa fille. Mais il y a aussi les années claires, les années-miel. Et si la vie se calculait en années-bonheur? Elle serait plus courte. Forcément.

«Maman, tu sais comment c'est fait, un papillon?

— C'est fait comment, ma chérie?

— C'est une chenille en papier que papa a mâché.

— Ah oui!

— Puis tu découpes des ailes avec un cisso.

— Un ciseau, mon amour.

— Puis tu mets des couleurs dessus.

— Mais comment elles tiennent, les ailes?

— Papa les colle. Avec de la bave de couleuvre.

— Ouach!

— Mais c'est fagile. Je vais aller demander à papa de t'en faire un.»

Hochement de tête. Regard rieur. Vol d'un oiselet jusqu'à l'atelier de son père, à l'étage.

Elle se sent soudain très vieille. Très lasse. Très seule. Morte.

XIII

«Ce que tu es sombre, ma vieille. Bande-à-sec est-il parvenu à ses fins?»

Jo a toujours le mot pour rire. Françoise enlève son manteau et fait comme si elle n'avait rien entendu.

«Eh ben, ma fille! on peut pas dire que tu tiens la forme. Regarde-moi donc un peu. T'as pleuré? Et pas rien qu'une ondée à part ça. Veux-tu bien me dire ce qu'il t'arrive? Qu'est-ce qui peut être pire que Bande-à-sec?...

— Arrête tes conneries, Jo! C'est Julie.

— Enceinte? demande-t-elle joyeusement.

— Tu es vraiment tordue, Jo. Tu ne ferais pas partie de la famille royale d'Angleterre, par hasard? Il est possible qu'elle ait de gros problèmes. Vraiment gros.»

Elle lui raconte tout ce qu'elle sait. Et Jo l'écoute sans l'interrompre.

«Ma pauvre vieille. Je savais que ça ne va pas tellement bien entre toi et Julie, mais pas à ce point-là.

— Un beau gâchis. Et c'est ma faute. J'aurais dû être plus présente, m'occuper d'elle. Je l'aime, Julie. Oh oui, je l'aime!

— Bien sûr que tu l'aimes, ma grande. Vous vous êtes empêtrées dans les fleurs du tapis, c'est tout.

— C'est plus compliqué que cela. On s'est dit des choses vraiment épouvantables. Je lui ai dit que son père était un ivrogne et un sans-cœur. Elle m'a traitée de vache et de chienne. Parfois, quand je n'en peux plus de l'ignorance méprisante dans laquelle elle me tient, j'éclate, je dis n'importe quoi. Elle accueille mes crises par un silence absolument insoutenable. Je l'ai même déjà giflée, tu te rends compte. Tout ça à cause de Luc Genois.

— Mauvais, mauvais, dit Jo en versant du café. T'es certaine que ce n'est pas tout simplement une petite fugue préparatoire au grand départ.

— Si ce n'était que cela. Non, je pense que c'est très sérieux et je ne sais pas quoi faire. Jacques prétend que sa sœur s'est fait harponner par des *pushers* jamaïcains. Je ne l'ai presque pas vue de l'été. Je ne m'en faisais pas trop, m'étant habituée à l'idée qu'elle est à la veille de partir. Dans un sens, cela m'arrangeait et je me disais que notre relation se développerait sur une autre base. Elle a apporté presque tous ses vêtements et une marionnette italienne que son père lui avait offerte. On pense toujours que ces choses-là n'arrivent qu'aux autres. Julie, avec des *pushers*!

— Des Jamaïcains, tu dis?

— Je ne connais pas très bien ses amis. Je sais qu'elle fréquente des Noirs et cela ne me pose vraiment aucun problème. Qu'ils soient Jamaïcains n'y change rien.

— Ma pauvre vieille, tu ne lis donc plus les journaux depuis que tu n'es plus abonnée à ton torchon prolétarien?»

Jo ne cesse de rappeler cette vieille querelle enracinée dans un autre temps, alors qu'elles fréquentaient des organisations maoïstes ennemies. Une blague récurrente. La base de leur amitié.

«Excuse-moi, c'est vrai, tu t'en tapes une demi-douzaine par jour, sans compter les magazines et toutes les autres nourritures du cerveau qui font les grandes journalistes et les esprits curieux. *Le Journal de Montréal,* tu connais?

— Et ta grippe, ba sœur, ça va?... rétorque Françoise en parlant du nez, pour se moquer du nasillement de Jo.

— Les Jamaïcains sévissent à l'ouest, comme dans un vieux western. Des durs de durs à ce qu'on raconte. Trafic de drogue, prostitution. Les gens évitent le métro Notre-Dame-de-Grâce comme s'il s'agissait d'un saloon d'Abilene.

— Mais pourquoi Julie se serait-elle fourrée dans un tel merdier?

— Pour t'écœurer, sans doute. Parce qu'elle se sera fait embobiner, parce qu'elle tient de sa mère et rend coup pour coup, à un taux usuraire.

— Je ne comprends pas pourquoi elle m'en veut à ce point. Qu'est-ce que j'ai bien pu lui faire, bordel de merde, pour qu'elle me déteste autant?

— Vous aimez le même fantôme, ma pauvre fille! Tu le sais. Je le sais. Nous sommes quelques-uns à le savoir. Si tu te voyais! Depuis quelques semaines, tu passes ton temps à surveiller ce clochard qui te rappelle tant Le Génois.»

Jo ne le nomme jamais autrement. Elle l'a surnommé «Le Génois» aussitôt qu'elle l'a connu. Sa manière à elle d'établir une hiérarchie dans ses rapports avec les gens et, en fonction de ce code, elle exprime sa volonté de garder une certaine distance entre elle et eux.

«Même que tu commences à ressembler à une clocharde, ma pauvre vieille.

— Aussi bien dire que je pue des pieds et de la gueule!» s'exclame Françoise, outrée, mais sachant fort bien que Jo tente, en la provoquant, de déstabiliser sa peine.

Et il y a du vrai dans sa remarque. Elle ne «s'habille» plus depuis que l'Artiste est devenu une obsession, se contentant d'enfiler un vieux jean, une chemise de coton, une veste en denim élimée et des bottes de cowboy qui ont sans doute foulé tous les déserts du centre de l'Amérique tant leur cuir est usé. «Tu prends des vacances?» lui avait demandé Jacques, étonné de voir sa mère prendre des aises qu'il ne lui connaissait pas.

«Je n'osais pas te le dire, déclare Jo en lui adressant un sourire mi-triste, mi-amusé. Mais là n'est pas la question et tu n'es pas venue m'extraire de mon lit de souffrance pour parler chiffons et parfums. Vous vous êtes laissées entraîner sur une pente très dangereuse et vous ne savez pas comment freiner la dégringolade. C'est ça, hein?»

Françoise se lève et, tournant le dos, elle porte son regard sur le jardinet où agonisent les dernières fleurs de l'année.

«Bon. Poursuivons, comme disaient les camarades. Julie n'a jamais réussi à digérer la disparition de son père. Elle t'en tient rigueur...»

Françoise pleure. Jo s'approche d'elle, la prend dans ses bras, l'amène délicatement à se retourner, l'embrasse sur les paupières et sur les joues et la conduit à un canapé.

«Pleure tout ton soûl, ma vieille, vide-toi de tes poisons. Après, si tu veux, on verra ce qu'on peut faire pour arranger les choses.»

Et la digue se rompt de nouveau. Blottie dans les bras de Jo, Françoise vide une mare de larmes amères, un flot de peine croupie faute de trouver par où s'écouler. Puis, après un dernier sanglot, elle s'endort comme une enfant épuisée. Elle se réveille deux heures plus tard. Son amie l'a recouverte d'un grand châle. Deux chiots jouent avec une pantoufle et Jo s'occupe à la cuisine. Elle se sent poisseuse, la bouche comme un égout et a l'impression d'empester la femme des cavernes.

«Tu fais dans l'élevage de la saucisse?»

Jo ne l'a pas entendue venir.

«Tiens, la Princesse est réveillée! Ils sont beaux, hein! Des bassets nains. Ils ne viendront pas tellement plus gros. Tu te rends compte. De vrais salamis sur pattes. Le plus gras, c'est Toulouse, l'autre, c'est Merguez.

— On en mangerait.

— Denis les a adoptés. Un client du restaurant voulait s'en débarrasser pour cause de déménagement en Arabie. Ils sont mignons, hein?»

Elle offre Merguez à Françoise et entreprend de câliner l'autre qui ne demande pas mieux.

«La zoothérapie, y a que ça!

— Quand un type t'offre un chien, c'est qu'il veut compenser ses absences, suggère Françoise.

— On n'y perd pas toujours au change, rétorque Jo en bécotant Toulouse qui y prend un évident plaisir.

— On les fait cuire pour dîner?

— Assassine! Viens que je te montre leur lit. C'est moi qui l'ai fait.»

Un vrai lit pour deux micro-chiens, avec ciel de lit et baldaquin, placé dans un coin de la pièce qui sert tout à la fois de bureau et de salle de couture. Utilisant un vieux sac de couchage, Jo a fabriqué deux couettes pour les mini-bassets. Un chromo représentant deux épagneuls anglais qui poursuivent un faisan décore la tête de l'alcôve et des jouets en plastique et en chiffon traînent ici et là.

Jo dépose les saucisses sur leur couche, leur prodigue une dernière caresse et ferme la porte de leur chambre pour que le bruit ne les dérange pas.

Françoise prend une douche, et Jo lui apporte un jean et une chemise appartenant à Denis, ainsi que des sous-vêtements propres.

«La petite culotte est beaucoup trop grande pour moi. C'est Denis qui me l'a achetée, croyant bien faire. Je lui ai dit que la prochaine fois qu'il achèterait des sous-vêtements de grosse, je les lui ferais manger tout cru. Mais, continue perfidement Jo, c'est un demi-malheur puisque cette chose trouve un cul à sa mesure.»

Françoise ne peut s'empêcher de rire.

«Il l'a achetée pour moi, "sotte caillette", pour réchauffer ces petites rondeurs qui le changent de la soupe à l'os que tu lui sers si parcimonieusement.»

Jo l'a entraînée là où elle le souhaitait. Françoise se sent tout aussi inquiète, mais moins confuse. À force d'empathie, de cajoleries et de traits d'humour, Jo réussit toujours à la déstabiliser, à la faire décrocher d'une idée noire ou d'un trop grand enthousiasme.

«Je me rends compte que je me suis complètement gourée par rapport à Julie. Je n'ai pas été assez sensible à ses besoins après la disparition de son père. C'est épouvantable ce que l'on peut être aveugle, parfois. Je n'ai pensé qu'à moi, à ma vie professionnelle, à rattraper les années perdues, les deux dernières avec Luc. Oh, ce n'est pas que j'aie toujours été absente. C'est que je n'ai pas pris le temps de régler mes affaires avec ma fille. Je ne lui ai offert qu'une présence de seconde qualité.

— C'est toujours plus tard que l'on s'en rend compte. Mais ne te charge pas trop. Je me souviens que tu avais consulté une psy à l'époque.

— Elle m'avait dit que les choses se tasseraient. Julie avait carrément refusé de lui parler. Elle ne parle à personne, de toute façon. Tu penses qu'il pourrait être vivant?»

Elle avait posé la question à brûle-pourpoint, sans transition, comme si elle la retenait depuis le début.

«Je savais qu'on y arriverait, dit Jo soudain rembrunie. La mère comme la fille. C'est ça, le problème. Ni l'une ni l'autre n'a fait son deuil d'un type disparu il y a douze ans. Bordel de merde, il doit bien y avoir un moyen d'éteindre ce souvenir morbide. Crisse, Françoise! mettons que vous ayez divorcé et qu'il ait émigré en Australie, il aurait bien fallu que tu t'y fasses. Et Julie aussi... Et telle que je te connais, tu t'y serais faite vite. Mais il aura fallu que ce connard s'arrange pour semer le doute. Tiens, rien que pour ça, il ne mérite pas le moindre petit espace dans notre mémoire. Un trou de cul, ton Génois, voilà ce qu'il était!

— T'as pas toujours dit ça.

— Il savait y faire, l'animal! Je ne sais pas comment il s'y prenait, mais il possédait à fond l'art de faire chavirer les chevrettes que nous étions à l'époque. Belle gueule, beau cul, un peu voyou, une voix de gitan, juste assez pitoyable pour titiller la môman qui sommeille en nous. Je dois dire qu'il n'était pas dénué de qualités, mais quel profiteur!

— Il était tendre et, à sa manière, cohérent. Si certains types poignent plus que d'autres avec les filles, c'est, j'imagine, parce que nous le voulons bien. En tout cas, il ne m'a pas forcée. Et toi non plus... ajoute-t-elle sans perfidie aucune. Il buvait trop. Il taquinait le cotillon, comme tu dis. Il n'était par ailleurs pas violent et adorait les enfants, qui le lui rendaient bien. J'ai été heureuse avec lui.

— Pendant quatre ans.

— J'ai fini par le mépriser.

— Tu devais avoir tes raisons?

— Manquait de caractère. Incapable de s'expliquer son échec, il raillait mes succès. Il m'a même dit que n'étaient mes fesses, je ne trouverais pas de travail. S'il avait raison sur mes appas, il avait tort sur mon talent, et si mon cul est la clé qui m'a permis de me faire embaucher à la Société d'État, c'est ma tête qui m'a permis d'y durer. De toute façon, il n'avait pas de leçons à donner. Mon plus grand tort, ç'a été de chercher à l'aider. Je pense que ça l'a tué.

«Deux semaines avant de disparaître, il est arrivé à la maison dans un état que je ne lui connaissais pas. Il avait demandé à une amie de garder les enfants. Il avait acheté trois grosses orchidées qui reposaient dans leur boîte comme d'énormes tarentules menaçantes. Il me les a offertes en me disant qu'il voulait me remercier pour ce que je faisais pour lui. Il était très calme. Il a ouvert une bouteille de Château-Yquem et déballé un bloc de foie gras. Une folie comme lui seul pouvait en faire. Il m'a dit qu'il avait vendu une sculpture à un ami commun et que cela méritait célébration.

— Ton micro-brasseur?»

Françoise opine de la tête.

«Il a fait le tour de nos souvenirs et se les remémorait avec tellement de bonheur que j'en pleurais. Un moment de grâce dont je ne savais que penser tellement il était décollé de la réalité de notre relation. Comme tu peux l'imaginer, cela s'est terminé au plumard. Et il m'a violée.»

Françoise sent Jo se raidir.

«Rien de brutal. Rien de non consenti. Rien dont je n'ai pris un plaisir total que je ne ressentirai sans doute jamais plus. Mais il m'a violée, aussi sûrement que s'il m'avait agressée dans une ruelle. Nous avons fait l'amour de toutes les manières et en silence. Il avait dû prendre un truc quelconque, il ne débandait pas. Je pense que j'ai dû paniquer. À un certain moment, j'ai compris ce qui se passait. Il ne faisait pas l'amour. Il me poignardait. Dans le silence de la nuit, j'ai eu l'impression d'être monstrueusement tripotée comme si j'étais un sac de viande. Je suis parfaitement capable de baiser avec un type envers qui je ne ressens pas de sentiment particulier. Mais là, j'ai eu peur. Comprends-tu, il ne m'aimait pas, il avait trouvé ce langage pour me dire jusqu'à quel point il me détestait. J'étais la vieille salope qu'il baisait, payant de sa personne pour quelques faveurs. J'aurais tout aussi bien pu être une poupée grandeur nature. Il est parti dans la nuit, sans un mot, sans un geste. Il savait que j'avais compris. Je pleurais. J'étais meurtrie. J'avais l'impression d'être une putain. Je me sentais sale. Son sperme me coulait entre les jambes et entre les fesses. J'en avais le goût dans la bouche. Son odeur me collait à la peau. Je ne l'ai plus revu. Plus jamais.

«Plus tard, j'ai appris qu'il n'avait pas dessoûlé pendant deux semaines, dépensant son argent avec des types et des filles qui fréquentaient son atelier. Julie a sans doute été la dernière personne à le voir et je n'ai jamais su ce qu'il lui avait raconté. Il l'a raccompagnée à la maison et la gardienne m'a dit qu'elle semblait très heureuse d'être sortie avec son père. Il lui avait acheté une robe neuve, et ils étaient allés manger de ces mets chinois que "maman ne peut pas souffrir".

«Quand je suis rentrée, assez tard, les enfants dormaient paisiblement dans leurs chambres. Le lendemain, on retrouvait la veste et les bottes de Luc dans le parc qui longe le rapide de Lachine. De lui, on n'a jamais retrouvé de traces.

— Je ne connaissais qu'une partie de l'histoire.

— Secret de famille.

— Et pour Julie?

— Eh bien, je pense qu'elle cherche à me punir à son tour et à sa manière. Elle doit bien avoir un peu du caractère tordu de son père.

— Tu l'aimes encore, hein?

— Julie?

— Le Génois.

— Oui.»

Jo se dit que l'affirmation est trop spontanée.

«Enfin, pas exactement, continue Françoise, comme si elle faisait écho au doute de Jo. Je ne réussis pas à me le sortir du corps. Il est là, dans ma mémoire, très vivant. Trop vivant. Et je ne sais pas comment faire mourir ce souvenir. Et s'il n'était pas mort?...

— Écoute, Pénélope, la guerre de Troie est finie depuis longtemps. Ulysse ne reviendra pas, alors tu peux cesser ton tricot. Le Génois est mort. M-O-R-T. Il était maniacodépressif ou schizo, je ne me souviens plus très bien, alcoolique et un peu cocaïnomane quand ses moyens ou ceux de ses petites amies le lui permettaient. Il avait peut-être du talent, mais était paresseux comme une couleuvre. Contrairement à Roger, je pense, moi, qu'il aurait pu réussir tant comme peintre que comme sculpteur. Je ne dis pas qu'il serait devenu aussi riche que Picasso, mais il se serait fait une vie. Déjà ça. On meurt plus facilement de l'art qu'on en vit. Sans doute pas un mauvais gars, Le Génois, mais un instable. Un candidat à ce qui lui est arrivé. Si au moins il avait été moins sexy...

«Je sais bien que ce que j'en dis ne sert absolument à rien. Ce n'est pas moi qui vais régler le problème à ta place. Si le p'tit Jésus avait voulu que notre cerveau soit en téflon, il nous aurait faits poêle à frire.

— Arrête de déconner, Jo!

— Bon. Ça va. Qu'est-ce qu'on fait maintenant pour Julie? Si elle s'est fourrée dans la merde, il faut l'en sortir. Et vite. Réfléchissons... Ton curé, c'est quoi son numéro de téléphone?

— Mon curé?

— Benoît, le travailleur social. Le docteur ès cloche pour qui tu en pincerais un petit peu que ça ne m'étonnerait pas vraiment. Il doit savoir quoi faire, lui. C'est son pain quotidien, la misère de la ville.

XIV

La journaliste a finalement joint le travailleur social en milieu d'après-midi et ils ont convenu d'un rendez-vous au café du Spectre Gelé, rue Rachel, juste en face du parc La Fontaine. Françoise aurait pu insister sur l'urgence de la situation, mais elle s'y est refusée. Françoise avait l'âge de Julie quant elle a quitté le domicile familial pour fuir «les vieilles affaires» de ses parents. Cette expression générique englobait tout à la fois les meubles, les vêtements que portait sa mère et les idées réactionnaires d'une parenté qu'elle ne pouvait voir autrement que comme rescapée de la catastrophe qui avait annihilé les grands sauriens. Pouvait-elle en vouloir à sa Julie de rechercher cet espace de liberté qu'elle avait voulu pour elle-même? Comment refuser à sa fille ce que, adolescente, elle s'était permis?

La peur de perdre définitivement sa fille lui faisait voir combien elle lui ressemblait.

«Pourtant, se dit-elle, je me sens beaucoup plus près d'elle que ma mère ne l'a été de moi. Mis à part les horribles chinoiseries qu'elle affectionne, nous nous rejoignons côté cuisine. Elle n'hésite pas à me piquer des vêtements alors que je n'aurais jamais porté ceux de ma mère.

Elle est fière, indépendante et têtue comme je le suis moi-même. Elle est indépendantiste et plus portée à dénoncer les injustices qu'à accepter leur fatalité. Et puis, n'ai-je pas perdu ma fleur à seize ans, alors qu'elle se l'est fait cueillir à quatorze? Où est la différence? Mon premier amour a été acrobatiquement consommé sur le siège arrière d'une Renault 5. Le sien l'a été confortablement, dans son propre lit, alors que je relisais *À la recherche du temps perdu* dans le mien.» Elle s'en souvient d'autant plus que Julie, sachant que sa mère l'entendait, avait grogné, gueulé, ronronné comme une jeune guenon besognée par Tarzan lui-même. Elle voulait la provoquer, lui en mettre plein les oreilles. Elle se souvient aussi que le premier amant de sa fille portait le prénom de son père, qu'il avait dix-neuf ans, arborait une croix gammée tatouée sur le front et était arrogant comme un nazi. Julie hurlait le nom de son père alors que le type profitait de l'aubaine. Le gars n'avait pas vraiment d'importance. Il était le médium par lequel le message passait. «Tu vois, maman, tu m'entends, maudite chienne, je baise avec un nazi qui porte le nom de mon père et je t'emmerde.»

Son premier amant à elle, son beau Liam, était également un peu *pusher* et ils avaient vécu de très beaux moments avant qu'il la «jette après usage», comme dit Jo lorsqu'elle parle du sort qu'elle réservait à ses propres amants qu'elle qualifiait de «bougies d'allumage». Mais elle n'avait pas vraiment de compte personnel à régler avec sa mère, et c'est dans la joie qu'elle avait vécu ses premiers émois. Portée par un certain mépris, aussi, sans doute, mais pas dans la haine et dans cette douleur sourde qu'exprimaient les râles provocateurs de sa fille dans la nuit.

Septembre agonise dans un spasme d'enfer. Elle a choisi une table sur la terrasse et commandé une Boréale pression. Elle observe la circulation des vélos sur la voie qui leur est réservée. Les messagers foncent comme des diables sur leurs bécanes tout terrain légères et usées par la rude utilisation à laquelle elles sont destinées. Des jeunes sur leurs montures hybrides reviennent sans doute de l'école à cette heure de la journée. Des retraités roulent paresseusement, s'offrant le bonheur d'un exercice où le plaisir de rouler se double de celui d'un magasinage quotidien pour le pain et les autres nécessités culinaires.

Des joggers trottent dans les allées du parc La Fontaine et croisent dans leur course des homos en camisoles qui draguent un peu. Des enfants jouent dans d'énormes gruyères en plastique ou s'imaginent acrobates sous l'œil parental du chômeur de la famille ou de la monitrice de garderie.

Des couples gais, hétéros et lesbiens sont assis dans l'herbe, certains n'osant se permettre les privautés auxquelles ils s'abandonneront sans doute entre chien et loup, quand l'ombre furtive des grands érables étendra son double sombre sur l'herbe courte. À moins qu'ils ne soient rendus au bout de leur parcours et que chacun médite pour lui-même les termes d'une inéluctable rupture. D'autres se vautrent dans le gazon frais et se tripotent sans pudeur avec l'appétit de ceux que le temps n'a pas encore rassasiés.

Assis droit comme un I sur un banc de parc, un vieux soliloque. Il est coiffé d'un canotier et ses deux mains s'appuient sur une canne à pommeau d'ivoire. «Peut-être, pense Françoise, a-t-il franchi la frontière des âges et n'est-il que le fantôme d'une époque révolue? Peut-être a-t-il été stoppé net dans le temps alors qu'il préparait ce discours décisif, cette demande, cette imploration que tout à l'heure il devra adresser au père de celle qui fait battre son cœur?»

Elle reconnaît la Sainte Vierge et le Curé qui déambulent saintement, lui trois pas derrière elle qui porte l'Enfant dans un harnais passé sur sa poitrine. Personne ne fait attention à eux, pas plus aujourd'hui qu'au temps de Barabas.

«Beau temps pour rêver!»

«Son» travailleur social, comme dit Jo, arrive un peu en retard.

«Excusez mon retard, j'avais une affaire à régler avec mon patron. Savez ce que c'est...

— Et notre convention?...

— Laquelle?

— Le vouvoiement m'agace et me vieillit prématurément.

— C'est que vous m'intimidez», fait Benoît, l'œil moqueur.

Il commande la même chose que Françoise.

«Vous..., je veux dire tu as des difficultés avec ta fille?»

Elle lui avait précisé qu'elle souhaitait le voir pour des motifs personnels et que cela concernait Julie.

«J'ai bien peur qu'elle ne se soit foutue dans un sacré pétrin et je ne sais pas quoi faire.

— Quel âge?

— Presque dix-huit ans.

— Ça veut dire quoi, ça, presque dix-huit ans?

— Elle les aura dans quelques mois.

176

— Une fugue.

— Si on veut. Je suis aussi partie de chez moi à dix-sept ans.»

Cet aveu pour dédouaner Julie. Peut-être pour se dédouaner aussi.

«Depuis quand?

— Trois semaines.

— Vous..., je veux dire tu as appelé la police?

— Non.

— Pourquoi?

— Je viens de te le dire. Je suis partie de chez moi à dix-sept ans et je ne vois pas de quel droit je mettrais la police aux trousses de ma fille alors que ma mère, qui était plutôt constipée à bien des égards, a eu l'intelligence de ne pas le faire. De toute façon, n'est-ce pas assez fréquent aujourd'hui?

— Pas plus qu'avant, et pour des motifs parfois différents...

— Je suis très inquiète.

— Après ce que tu viens de me dire...

— Jacques, son frère, prend-elle la peine de préciser, m'a dit qu'elle fréquentait des *pushers*. Des Jamaïcains, a-t-il souligné, comme si cela avait de l'importance.»

Elle remarque qu'il devient soudain très sérieux.

«Des Jamaïcains?»

Moins une interrogation qu'une réflexion à voix haute. «Des Jamaïcains», répète-t-il pour lui même.

«Peux-tu me décrire Julie.»

Elle lui en fait une description détaillée et elle voit qu'il note ce qu'elle dit dans un carnet noir comme en utilisaient les journalistes au temps de *L'Action catholique*.

«Je veux juste savoir quoi faire, dit-elle, soudain troublée et inquiète.

— Je crois savoir avec qui elle est… et je pense qu'il faudra peut-être faire appel aux flics.

— On ne peut faire autrement? Si tu sais avec qui elle est, tu sais sans doute aussi où elle peut être. Je ne veux pas qu'elle pense que je… Enfin, tout ne va pas vraiment pour le mieux entre elle et moi… Tu comprends, je ne voudrais pas qu'elle…

— Je comprends.»

Ils attendent que le garçon les ait servis.

«Écoute, une de mes amies accueille des jeunes qui ne savent pas trop où dormir. C'est une prostituée. Elle habite rue Saint-Urbain. Il y a quelques semaines, je suis allé la visiter…»

Elle lève sur lui un regard amusé.

«Ce n'est pas ce que tu penses. Louise est peut-être une pute, mais c'est la fille la plus généreuse que je connaisse. Je règle mes problèmes d'hygiène sexuelle autrement.

— Je n'ai pas voulu…

— N'en parlons plus.

— Justement, parlons-en! Si je dis que je n'ai pas voulu laisser croire que monsieur fréquentait les putes, c'est parce que c'est vrai et je ne veux pas que tu t'imagines que… D'autant plus que ce n'est pas de mes affaires.

— D'accord. Arrêtons les frais et reprenons où nous étions.»

Elle acquiesce du chef.

«La dernière fois que je suis allé chez Louise, j'ai croisé une jeune femme qui ressemblait pas mal à la description de Julie. La plupart du temps, les jeunes qui aboutissent chez elle y couchent une nuit. Louise n'amène jamais de clients chez elle et sa porte n'est pas fermée. Il y a une entente tacite dans le milieu selon laquelle on ne touche pas à "ses affaires", qui, de toute façon, ne représentent pas une fortune. Il y a aussi une règle qui veut qu'on n'abusera pas de son hospitalité. Parfois, sept ou huit jeunes passent la nuit dans le salon double qui sert de dortoir. Jamais plus. Julie, si c'est bien elle, était, à ce que m'en a dit Louise, accompagnée de deux Jamaïcains dans la jeune vingtaine. Des types qui ont la réputation d'être des petites frappes qui font un peu dans la coke, un peu dans la prostitution. On ne les voit pas souvent dans le centre-ville parce qu'ils n'y sont pas bienvenus. Si Julie est avec eux, elle risque d'avoir de sérieux problèmes.»

Benoît ne lui dit pas qu'ils ont l'habitude de conduire les filles à Toronto pour les couper de leur milieu et avoir une meilleure prise sur elles. Il ne lui dit pas non plus qu'ils ont la réputation d'être violents.

«Mais c'est épouvantable!»

Françoise est paralysée par l'horreur. Elle voudrait crier, pleurer à s'en assécher le cœur, hurler sa détresse. Elle ne le peut pas. Et cette paralysie émotive intensifie sa souffrance. Elle n'a jamais eu aussi mal. Elle se lève en portant une serviette à sa bouche et se précipite vers les toilettes. La salle des femmes est occupée. Elle s'enferme dans celle des hommes et répand presque aussitôt un flot de bile sur le carreau. Un malaise relativement bref, même si cela lui paraît une éternité. Elle sent ses tripes se dénouer, comme un boyau emmêlé. Chaque nœud qui se défait provoque un spasme et elle vomit un poison fétide. Un avant-goût de l'enfer. En même temps, elle comprend ce que Julie endure depuis trop longtemps. Et ce savoir assassin ne la quittera plus jamais, elle en a la certitude. Peut-être apprendra-t-elle à vivre avec... Tout dépendra de la suite des événements. Tout dépendra de Julie. Tout dépendra de ce maudit fantôme qui les parasite.

Elle a les cheveux défaits, l'œil hagard, la bouche sèche quand elle ressort des toilettes. Benoît l'attend. À l'aide d'une serviette humide qu'il a réquisitionnée au bar, il lui rafraîchit délicatement le visage, et elle se laisse faire. Il y a du vomi sur sa veste en vieille soie rouille. Il la lui enlève. Il y a du vomi sur ses souliers. Il l'essuie. Elle ne réagit pas. Elle n'en a pas la force. Elle est fatiguée. Morte. Benoît la serre dans ses bras.

«Viens, allons-nous-en d'ici!»

Ils sortent du bar sous le regard goguenard ou apitoyé des clients. Il hèle un taxi et se fait conduire chez lui. Elle garde les lèvres serrées, ne pense plus à rien, ne réagit qu'à peine. Elle s'étend sur le lit de Benoît entre une panthère rose grandeur nature et un koala qui fixe sur elle deux énormes yeux proéminents. Benoît la laisse se reposer quelques instants, le temps d'activer la chaîne humaine qu'il a forgée au cours des vingt-cinq dernières années. Il donne en fait trois coups de fil. Il communique d'abord avec un collègue médecin du CLSC pour qu'il vienne voir Françoise. Il téléphone ensuite à un ami d'enfance qui occupe un poste d'autorité à la police de la Communauté urbaine et lui explique en quelques mots ce qui se passe. Enfin, il réussit à joindre une relation mafieuse à qui il a déjà rendu service. Un hurlement, comme celui d'une louve dans la nuit, l'interrompt alors qu'il achève de décrire Julie. Ce n'avait été d'abord qu'une série de petits cris brefs que Benoît n'a pas entendus, des bruits de gorge comme les filles en émettent parfois quand les vagues de l'amour les font glapir de plaisir. Dans une espèce de crescendo, cela s'est transformé en un feulement douloureux, celui d'une grande fauve blessée qui ne comprend pas trop ce qui lui arrive. Puis, une longue plainte, la vingt-huitième lettre de l'alphabet, la seule qui permette de dire la détresse humaine.

La porte n'est pas fermée, il se précipite dans la chambre en même temps que le médecin du CLSC. Françoise laisse maintenant sortir toute sa douleur en un flot de larmes acides. De lourds sanglots roulent dans sa gorge après avoir été fécondés au plus profond de son être. Ils pèsent le poids de l'amour qu'elle porte à sa fille et ils déferlent comme les vagues rondes d'une rivière en crue. Elle ne ressent qu'une légère chaleur quand le calmant pénètre une veine de son avant-bras. Son corps s'appesantit. Ses paupières se ferment et elle sombre rapidement dans un sommeil profond.

«Elle devrait dormir un bon coup, commente le médecin. Tu leur fais toujours cet effet, Ben?»

Benoît ne relève pas le trait comme il l'aurait fait en d'autres circonstances.

«Elle est dans un sacré pétrin. Enfin, sa fille est dans la merde jusqu'au cou. Des chances qu'elle se soit fait harponner par "les Jamaïcains".

— Mais, je la connais cette dame! C'est pas elle?

— Oui. Mais tu ne la connais pas, O.K.

— Benoît!...

— Excuse-moi, vieux, je suis un peu nerveux.

— Elle n'a pas dormi beaucoup ces derniers temps. Pas mal "pockée" la madame, si tu veux le savoir. J'ai l'impression que ses nerfs sont plutôt fragiles.

— Mets-toi à sa place. Je viens de lui apprendre que sa fille fréquente probablement des junkies assez méchants.

— Que comptes-tu faire?

— Elle est désemparée. Je vais l'aider.

— Tu risques d'avoir des problèmes.

— C'est une amie, pas une cliente. Je n'ai pas de relation professionnelle avec elle, si ce n'est que j'ai accepté de lui donner quelques tuyaux pour un reportage sur les clochards. Et puis...

— Tes affaires, mon vieux. T'es assez grand pour savoir ce que tu fais. Tu restes avec elle jusqu'à ce qu'elle se réveille, dans huit ou dix heures?

— Impossible, il faut que je m'occupe de sa fille. Il faut que je m'occupe de son fils aussi. Quelle heure est-il? Quatre heures. Merde! il faut que je me grouille le cul. Je vais demander à la voisine d'aller chercher mon gars et de passer la nuit ici. Cela ne devrait pas poser problème, ses deux enfants sont chez leur père pour une semaine et elle est en congé pour deux jours. Et elle est infirmière.

— Et elle va accepter, comme ça, de venir passer la nuit chez toi?...

— Fais pas chier, Marc, c'est ma sœur.

— Elle est comment, ta sœur? interroge le jeune médecin.

— Laide comme ta tante Agathe, répond Benoît en poussant son collègue vers la porte. Elle pratique comme sage-femme et ne peut pas blairer les membres de ta caste pourrie de petits-bourgeois corporatistes. T'as aucune chance et moi je ne veux pas t'avoir comme beauf, t'es trop cérébral. Tu resterais quelques minutes, se ravise Benoît, le temps que j'aille la voir?

— Elle n'a pas le téléphone, ta voisine?

— Elle oublie toujours de désactiver son répondeur. Allez doc..., un bon mouvement.

— Je reste, mais c'est juste pour voir si ta sœur est aussi horrible que toi.»

Il reste un peu plus longtemps que prévu. Il est encore là quand Benoît les quitte.

XV

L'Artiste peint l'enfer sur le pavé devant l'église Notre-Dame. Une obscénité à faire frémir les saints statufiés qui, de leur alcôve de granit, l'observent d'un œil de marbre. Un univers familier où gargouilles et autres créatures des ténèbres crachent leur eau par mauvais temps. Un monde banal peuplé de démons aux yeux d'anges, de créatures improbables, de buveurs de bière, de comptables, de gardes-chiourme et de mangeurs de pizzas. Une enfilade de terrasses où s'empile une humanité dont chaque représentant est à un stade différent d'infernalisation. Une œuvre interrogative, comme les enfers de Dante et de Lucifer. Et les badauds qui le regardent travailler en faisant des commentaires nerveux répondent n'importe quoi.

Une œuvre fascinante. Elle se découpe en une succession de petits tableaux naïfs dont le sens n'apparaît qu'à l'observation de l'ensemble. Une bande dessinée schizophrène qui ne ressemble à rien. Une large fresque éphémère qui naît au gré des coups de craie comme un tatouage sur la peau noire de la ville.

Benoît prend une photo, puis une autre, d'un angle différent, puis une autre encore. Il en prend une dizaine. L'Artiste relève la tête et lui adresse un imperceptible sourire, une mince ligne d'étoiles à la frontière des yeux. Il travaille encore une demi-heure, puis arrête brusquement. Les badauds l'applaudissent tandis qu'il ramasse ses affaires. Benoît dépose cinq dollars dans la casquette du clochard et surveille les parasites qui gravitent autour de lui pour le voler. Il reconnaît deux Iroquois, un mauve, un vert, et un couple de skins qui n'inspire pas confiance. Après que le dernier badaud a versé son obole, et avant que le Comptable vienne remplir son office, Benoît récupère la casquette et l'apporte à son propriétaire. Le Comptable maugrée et lui jette un regard venimeux. Benoît lui offre le billet qu'il y a déposé. C'est ce qu'il aurait prélevé pour «sa peine».

«Les bons comptes font les bons amis, dit le Comptable en lui tendant la main.

— Ça va, Comptable?

— J'ai mal au ventre.

— Faudrait voir le docteur, Comptable. Faut pas laisser traîner ça.»

Il sait bien que le clochard ne suivra pas son conseil. Son estomac doit être complètement pourri à force d'être inondé de mauvais alcool et d'aliments ramassés ici et là dans les poubelles des *fast-foods* du centre-ville.

«T'aurais pas des pilules, sur toi? demande le clochard. J'peux les acheter, ajoute-t-il en tendant le billet de cinq dollars.

— J'en ai jamais, vous le savez bien. Adeline passera dans le coin vers sept heures. Expliquez-lui votre problème, peut-être qu'elle peut arranger ça. Vous la connaissez, Adeline?

— Est ben fine...»

Ils connaissent tous l'infirmière de rue. Ils la protègent comme si elle était leur fille. Plus encore que Benoît, elle est leur ressource quand ça ne va vraiment pas. Elle est la seule qui n'oublie pas leur anniversaire et qui les embrasse malgré leur malpropreté, malgré leur haleine fétide, malgré que certains se montrent parfois quelque peu entreprenants. Pour eux, c'est Mère Teresa, les bondieuseries en moins et le refus de la misère en plus. Et elle est jolie, ce qui ne gâche rien.

L'Artiste sait que Benoît veut lui parler et, comme il est de bonne humeur, il l'attend.

«Il crache le sang.

— Le Comptable? Depuis quand?»

L'Artiste ne répond pas. Il a dit ce qu'il avait à dire sur ce sujet. Benoît note mentalement qu'il doit transmettre l'information à Adeline avant qu'elle fasse sa tournée. «Le Comptable vit à crédit depuis trop longtemps, pense Benoît, s'il continue comme ça, il devra déposer son bilan.»

«Et toi, ça va?»

Il lui remet sa casquette et fourre d'autorité l'argent dans la poche de sa veste de cuir.

«Les curés n'aimeront pas ça, dit-il en faisant référence à son œuvre. Ils vont venir l'effacer à grands coups d'eau bénite.»

Presque un souhait. Il y a quelque chose de jubilatoire et de provocateur dans son ton. «Pas grave, c'est de la merde!» Il adresse un clin d'œil à Benoît.

Ils restent silencieux quelques minutes. Le travailleur social sait qu'il doit respecter un certain rythme, une certaine progression dans son rapport avec l'Artiste. Ils regardent passer quelques calèches et une troupe de jeunes filles portant le costume de leur collège. Un luxueux autocar déverse son chargement de touristes japonais devant l'église. Ils filment l'église, puis, avisant la fresque, ils s'agglutinent autour en gesticulant. Quelques femmes expriment leur dégoût devant de telles horreurs.

Benoît pense que c'est une des plus belles œuvres de l'Artiste et il s'attriste à l'idée que, dans quelques heures, au plus tard le lendemain, il n'en restera que peu de chose: à peine une grande tache sur l'asphalte de la place et un jeu de photos. Il possède une importante collection des fresques et dessins que le clochard a peints sur le bitume des trottoirs. Une collection unique et il ne sait trop ce qu'il doit en faire.

L'Artiste peut être des semaines sans rien entreprendre, puis réaliser deux œuvres à la suite. Le travailleur social ne l'a jamais vu travailler que sur l'asphalte. La plupart du temps, il ne dessine que de petites choses sans conséquence: des hirondelles, des hiboux, des animaux hybrides, des natures mortes sans intérêt. Souvent, il efface lui-même ce qu'il a fait. Benoît vient chaque jour. Il s'est proclamé conservateur attitré de l'œuvre de l'Artiste et, faute de pouvoir découper les trottoirs où elle s'expose, il la photographie.

«Tu me rendrais un service?»

Benoît parle sans regarder son interlocuteur et en faisant rouler un morceau de craie entre ses doigts. L'Artiste n'aime pas qu'on accroche son regard. Il parle très peu et, quand il ouvre la bouche, ses yeux vont se perdre au-dessus des toits ou ailleurs, dans un lieu connu de lui seul.

«Je recherche une jeune fille qui a été harponnée par les Jamaïcains.»

Il laisse sa requête se frayer un chemin dans le cerveau du clochard. Celui-ci détourne la tête, comme s'il ne voulait pas entendre ce que Benoît lui dit.

«C'est très important. La mère de cette jeune fille est mon amie. Elle est journaliste, ajoute-t-il inconsciemment, comme si cette information avait de l'importance. Tu sais, celle dont je t'ai parlé...»

Il ne peut en être certain, mais il lui semble que le clochard a tressailli. Il paraît soudainement nerveux.

«Les Jamaïcains...

— Ils vont la droguer. La fille se réveillera à Toronto complètement accrochée au crack ou à l'héro.

— Elle... elle m'a suivi...

— De qui parles-tu?

— La femme en jean. C'est elle?

— Quelle femme en jean?

— La journaliste. C'est la mère de la jeune fille?

— Elle s'appelle Julie.

— La journaliste...

— Non, sa fille. Julie.»

Il la décrit. «Il me faut une photo récente», note-t-il mentalement.

«Elle ressemble à sa mère.»

Benoît est frappé par la justesse de l'observation. En décrivant Julie, Françoise s'est décrite elle-même. Ainsi, la mère et la fille se ressemblent physiquement.

«Elle ressemble à sa mère...» répète l'Artiste pour lui-même.

Le clochard a dit cela sur un ton définitif. Puis, sans plus s'occuper de Benoît, il se lève et se dirige vers le Vieux-Port.

XVI

Longtime-No-See ne ressent plus rien. Le clochard repose sur un matelas d'une saleté inqualifiable dans une stalle humide au fond de l'écurie.

L'immeuble est voué à la démolition, chose qui aurait été faite depuis longtemps n'eût été la résistance d'un organisme voué à la protection du patrimoine architectural de la ville. Une bâtisse en brique rouge construite par un commerçant écossais au début du XIXe siècle. Elle a servi d'entrepôt à l'époque de la marine à voiles et son premier propriétaire avait aménagé une partie de l'immeuble pour y loger une vingtaine de chevaux. L'édifice de deux étages s'ouvre sur le port et n'est maintenant utilisé que par le propriétaire d'une demi-douzaine d'attelages à vocation touristique.

La planque de Longtime-No-See. Il y habite depuis des années. On l'a trouvé un matin d'hiver couché là, occupant d'autorité une stalle désaffectée située dans un coin sombre de l'écurie où personne ne met jamais les pieds. La stalle avait été aménagée à l'écart pour loger des animaux malades, qui nécessitent des soins particuliers. C'est aussi la partie de l'immeuble où travaille le forgeron. Il y a l'eau courante et l'odeur de cheval est quelque peu atténuée par celle du foin sec.

Les cochers ont adopté l'ex-jockey qu'ils tiennent pour un imbécile heureux. Ils en ont fait leur mascotte. Ils ne s'étonnent plus de ses comportements bizarres, de son état d'homme-cheval qui grignote de l'avoine, hennit en se retroussant les babines et boit du liniment coupé au jus de raisin. Le propriétaire de l'écurie apprécie aussi les soins que le clochard prodigue aux vieux chevaux qui partagent son logement. Bien sûr, il s'inquiète un peu que Longtime-No-See ne mette un jour le feu à la baraque, surtout que le vieux clochard est maintenant beaucoup moins alerte. On a tenté sans succès de le convaincre de se trouver un lieu d'hébergement plus convenable. Longtime-No-See a henni des obscénités et tapé du pied comme un cheval en colère. On a finalement décidé d'accepter son mode de vie en exerçant une vigilance particulière au fil des années. À intervalles réguliers, plus souvent par temps froid, une religieuse des sœurs de la Charité vient voir si tout va bien et des bénévoles d'une soupe populaire lui servent un repas chaud trois fois par semaine.

Le clochard est nu. Il dégage une odeur de charogne épouvantable. Ses os saillent sous une couche de peau mince comme de la soie. Ses veines forment un entrelacs de lignes foncées sous sa peau blême et constellée de plaques de crasse brunâtre. Il pisse du sang et son matelas n'est plus qu'une immonde éponge imbibée d'urine. L'Artiste le soulève délicatement et déroule un sac de couchage sous le vieil homme. Un de ces sacs que l'on remet aux clochards, chaque hiver, pour que ceux-ci puissent se protéger un peu des rigueurs du temps froid.

Il ne pèse presque rien: le poids d'un enfant. Le poids d'une vie.

L'Artiste entreprend de le laver. Il a déniché des guenilles propres et rempli d'eau chaude un seau en plastique. Il le lave doucement comme s'il avait peur de déchirer la peau trop fragile. Il humecte son visage et frotte en petits cercles concentriques, comme on le fait avec un bébé. Le clochard a les yeux très noirs et profondément enfoncés dans leurs orbites. Ils sont grands ouverts. Il porte une barbe de quelques jours et ce fait à lui seul témoigne de son état de faiblesse. Le clochard se lave rarement, mais se rase de près tous les matins. Mis à part sa tenue vestimentaire, c'est sa seule coquetterie. L'Artiste lui lave le torse, les bras et les jambes. Il le tourne sur le côté et lui lave le dos. Il lui savonne l'entrejambe. Du pus suinte d'une large plaie sur sa cuisse droite. Le clochard émet une plainte quand il essaie de la nettoyer. Après lui avoir lavé le corps, il lui lave les cheveux avec le même savon jaune. Puis, il lui fait la barbe avec le rasoir de barbier que Longtime-No-See conserve précieusement dans un très vieil étui en carton bouilli.

L'Artiste ne dit rien. Il laisse parler ses mains et c'est bien suffisant. Les chevaux sont immobiles dans leurs stalles et semblent écouter le murmure du temps.

La toilette de Longtime-No-See est terminée. L'Artiste apporte douze balles de foin avec lesquelles il fabrique un lit odorant. Il étend une épaisse couverture matelassée pour chevaux sur cette couche improvisée. Il déroule un autre sac de couchage sur cette litière et y dépose Longtime-No-See. Il se débarrasse de l'immonde matelas infesté de vermine et revient auprès de son ami.

L'appel d'un navire quittant le port rompt le silence de la nuit. Des ombres furtives glissent dans les ruelles et sur les trottoirs. Des taxis maraudent à la porte des bars. Une lune pâle plane au-dessus des tours anonymes. La ville ronfle en dormant. À cette heure de la nuit, les clochards retrouvent leur chambre sous les étoiles ou leur piaule dans un immeuble désaffecté. Certains partagent un vieux logement, d'autres dorment à la Maison du Père, à la Old Brewery Mission ou dans un centre d'hébergement communautaire. Combien parmi eux pensent à Longtime-No-See en s'endormant ou en se réfugiant dans leur coma éthylique? Personne. Chacun vit sa misère égoïstement.

Comme d'autres traversent la mer en solitaire, les clochards naviguent seuls au gré des jours, absolument seuls, affrontant les pires tempêtes de la vie et allant par habitude vers des destinations inconnues. Si un cocher du Vieux-Port ne s'était pas inquiété de son absence depuis quelques jours, Longtime-No-See serait mort comme il avait vécu, cheval parmi les chevaux, loin des hommes qui l'avaient exclu de l'humanité.

La fortune de Longtime-No-See se résume à peu de choses, presque toutes contenues dans une petite malle de collège: trois tenues de jockey, trois paires de bas, deux sous-vêtements, une paire de bottes en cuir et une boîte de biscuits en tôle illustrée d'une image représentant un cavalier désarçonné par un cheval en colère sous le regard de deux jeunes femmes hilares. Dans la boîte, un canif, une pipe en écume de mer, quelques dizaines de dollars et quatre photos. Deux clichés montrent un jockey, toujours en selle, le dos légèrement voûté, entouré d'une foule de gens et souriant à l'objectif.

Dans les deux cas, un gros homme, cigare au bec, tient le cheval par la bride. Sans doute le même cheval et le même type.

Une troisième photo présente un jeune homme accompagné d'une femme blonde, légèrement plus grande que lui. Le couple est accoudé au bastingage d'un paquebot. Il porte un smoking et esquisse un sourire canaille. Elle est vêtue d'une robe de soirée et pose comme une professionnelle. Au dos, une inscription: Bob and Nancy, Nassau, 1963. Enfin, deux jeunes enfants, un garçon et une fille d'âge préscolaire, qui sourient. Ils sont assis sur le dos d'un âne gris qui semble sourire aussi. L'Artiste remet les photos dans leur boîte et referme le couvercle de la malle.

Une cravache en cuir et une casquette noire sont rangées sur une tablette. Une tasse ébréchée est posée sur un exemplaire de *L'Almanach du peuple*, édition 1958.

Il revient s'asseoir aux côtés du vieil homme, s'assure que celui-ci est bien couvert et, chose qu'il ne fait que très rarement, lui récite lentement un poème qu'il a composé:

> Le galop d'une horde
> Ébranle le silence
> D'une aube naissante
> L'œil en feu
> Un cheval noir
> Regarde l'horizon

Il se tait. Les chevaux se taisent aussi. Et ce silence dure ce qu'il faut à Longtime-No-See pour partir. Et quand il part, juste avant l'aube, une vieille jument grise

destinée à l'abattoir hennit pudiquement. Juste un trem-
blement de babines pour dire aux autres qu'il n'est plus
là.

L'Artiste se lève, sort de la stalle et disparaît dans la
nuit.

XVII

Les deux hommes sont assis à une table dans une petite cafétéria aménagée au premier étage du poste de police du centre-ville. Ils boivent un cappuccino étonnamment convenable pour ce que Benoît qualifie de «café industriel». Ils se connaissent depuis une quinzaine d'années et ont tissé une solide amitié.

Staline Desrosiers est sans doute le policier le plus décontracté de la ville. Il peut tolérer à peu près n'importe quoi sans broncher. Il faut dire qu'avec son mètre quatre-vingt-dix et ses cent kilos de muscles sculptés en gymnase quatre fois par semaine, il s'en trouve peu pour le narguer plus que de raison. Le classique «sale nègre» le fait rigoler, ce qui désarçonne les voyous qui tentent de le provoquer. Une vieille alcoolique juive l'a traité de «sac à mélasse», comme elle aurait probablement qualifié un Asiatique de «sac à pisse». Certains disciples du Ku Klux Klan voient en lui un métèque à peine descendu de l'arbre; un souteneur gai le prénomme affectueusement «Ti-Noir» et une pute qui a des lettres et le sens de la formule l'a surnommé «grelots d'ébène», surnom que reprennent à l'occasion ses collègues de la Brigade des mœurs.

En fait, si Staline Desrosiers est fondamentalement, comme dit sa mère, une «bonne nature», un certain nombre de choses l'agacent néanmoins, notamment qu'on l'appelle par son prénom. Heureusement, ceux qui le connaissent se comptent sur les doigts des deux mains: sa mère, ses deux frères et ses cinq sœurs, sa conjointe et Benoît, à qui il l'a confié un soir où le travailleur social et le policier s'étaient soûlés pour oublier une sordide histoire de mutilations sexuelles impliquant une dizaine de familles d'origine africaine, un médecin ougandais et une vingtaine d'enfants.

«Mon homonyme les aurait fait fusiller séance tenante, avait-il laissé tomber avant de confier son drame personnel à Benoît, le regrettant aussitôt et lui faisant promettre de ne jamais en souffler mot à quiconque.

«Mon père était membre du Parti communiste haïtien et un ardent admirateur du p'tit Père des peuples. Il lui vouait un véritable culte. Quand les macoutes l'ont attrapé, une médaille à l'effigie du Grand Égalisateur pendait sur sa poitrine. Ils ont fait rougir cette médaille et ont marqué mon père sur toute la surface de son corps avant de lui couper les couilles, les oreilles et le nez. Puis, ils l'ont pendu devant notre porte. Je n'étais encore qu'un très jeune enfant à cette époque, mais je n'oublierai jamais. On n'oublie pas ces choses-là, elles sont profondément éducatives.

— À côté de cela, nos petites misères nord-américaines sont des broutilles.

— Tu ne devrais pas parler comme ça. On ne doit pas comparer la douleur des uns avec celle des autres. T'as lu *La Tentation de l'innocence*? Bruckner y parle de cette mauvaise habitude de comparer nos misères. C'est ridicule. À la limite, ça donne ce grand complexe québécois de culpabilité qui nous conduit à nous déprécier aussitôt que quelqu'un nous traite de pas fin, fût-il le plus parfait fasciste.»

Tout le monde l'appelle donc Stan. Ce prénom apparaît sur tous ses papiers officiels depuis qu'il en a obtenu la permission par jugement de cour. Certains, qu'il a en particulière affection, le surnomment Satan. Ainsi, quand on dit «Satan est sur cette affaire», c'est une façon de dire qu'elle se réglera vite. Pour les truands des beaux quartiers, il est le capitaine Desrosiers. «Le gros chien noir», disent les motards et les pégriots des milieux populaires. Pour les *dealers* de dope et les souteneurs, il représente l'enfer incarné.

«Si je pouvais les pincer, ces enfoirés de mes deux...»

Le capitaine Desrosiers déteste les Jamaïcains. Il leur voue une haine implacable. Il les considère comme une engeance, une anomalie de la nature, des dégénérés, des êtres profondément malfaisants. Il ne peut les souffrir, et il les déteste d'autant qu'une bande de Jamaïcains a tabassé son frère cadet jusqu'à ce que son visage ne soit plus qu'une bouillie sanglante qu'il a eu peine à reconnaître lorsqu'il dut aller l'identifier à l'hôpital d'Halifax.

«Je suis vraiment très inquiet, Stan. Julie fréquente ces deux types depuis deux mois. Tu connais leur méthode...

— Des vicieux. Ils draguent les jeunes filles et les séduisent assez facilement puisqu'ils sont tous les deux plutôt beaux garçons. L'Bon Dieu est pas juste! commente-t-il sans transition. Quand ils les ont bien piégées, ils les font fumer du crack, les piquent à l'héro et en moins de deux les amènent à faire tout ce qu'ils veulent. Après quelques semaines de ce régime, les filles sont prêtes à tout pour avoir leur *shoot* et si elles résistent le moindrement, c'est le passage à tabac.

— Classique.

— Sauf qu'eux ce sont vraiment de petites ordures congénitales. La fille des psys, ce sont ces petites frappes, j'en mettrais ma main au feu. Pour donner une leçon aux autres. Ils doivent contrôler une demi-douzaine d'adolescentes. La rumeur veut qu'ils les fassent baiser sans condom. Tu te rends compte? Ces filles-là doivent toutes choper le sida et le transmettre.

— Il y a une clientèle pour ce genre de roulette russe. Le risque les fait bander davantage. Crisse, Stan, c'est pas imaginable ce que notre espèce peut être tarée quand on y pense!»

Benoît porte la main à sa ceinture. Il a baissé le volume de son téléavertisseur, mais ressent une vibration quand on l'appelle. Il s'excuse auprès de son interlocuteur et obtient la permission de téléphoner. Il revient quelques minutes plus tard.

«On aurait vu le plus jeune, celui qui se fait appeler Jésus, au métro Côte-Vertu. Il était seul. Mon informateur me dit qu'ils sont probablement planqués dans NDG. Il m'a donné le nom de deux personnes qui sauraient où ils crèchent: Batman et Vargas. Tu connais?

— Le premier est un p'tit *dealer* libanais qui fait affaire autour de l'Université McGill, l'autre, je ne sais pas qui c'est.

— On va leur parler?

— On? C'est moi la police, pas toi. Je ne dois pas me faire accompagner par un civil dans l'exercice de mes fonctions. Tu restes dans l'auto, O.K.»

Batman est en grande conversation avec trois étudiants, un peu à l'intérieur de l'entrée principale de l'université. Il porte une redingote noire et un chapeau melon. Il gesticule en brandissant une canne sculptée dans une branche de chêne tordue qui peut se transformer en massue au besoin. Trop occupé par son discours, il n'a pas vu venir le capitaine Desrosiers. Il ne s'aperçoit de sa présence qu'à la dernière minute, veut s'enfuir mais change d'idée quand il constate que le policier peut facilement le rattraper et qu'une tentative de fuite pourrait être mal interprétée. L'officier de police et Batman sont de vieilles connaissances. Ce dernier lui doit quinze mois à Bordeaux, trois dents en moins et un nez cassé. Tout ça pour une petite piquerie dans Hochelaga-Maisonneuve: une broutille.

«Salut, mon frère, ça va les affaires?»

Les trois étudiants ont déguerpi sans attendre d'être présentés.

«*Don't speak French*, dit Batman pour faire couleur locale et aussi pour narguer minimalement l'officier de police.

— Ah oui, je sais, tu ne comprends que l'arabe, rétorque le capitaine Desrosiers faisant référence à l'origine de son vis-à-vis.

— *Shit!* On est en Amérique, *man*.

— Ici, mon frère, susurre le policier, c'est en français que ça se passe. Tu ne devrais pas fréquenter les racistes, ça t'obscurcit le jugement et te fait dire des conneries. Tu me rends un petit service et j'oublie la marchandise que tu trimbales au risque de ta vie.

— J'ai rien sur moi, déclare le délinquant, l'air narquois.

— Alors je t'emmène rue Casgrain et je t'arrête là où tu sais.»

Le *dealer* bafouille. Il n'est même pas étonné que le policier connaisse sa nouvelle planque. Il pense au demi-kilo de coke dissimulé dans un sac de lessive et à sa mère qui est en visite à Montréal et qu'il héberge.

«Je ne sais pas ce que vous voulez dire.

— Pas de problème, mon frère. Allez, on y va. On demandera à ta mère de nous préparer des chenilles frites dans de la graisse de singe: ma gourmandise favorite.

— O.K., si ça peut vous faire plaisir..., dit le *pusher* qui capitule.

— Jésus est en ville.

— Ah oui! Qui ça?

— Sa sœur m'a dit que tu sais où il crèche.

— Connais pas sa sœur.

— Tu vois, Batman, on pwogwesse, fait le policier en accentuant son accent haïtien. Écoute, ajoute-t-il en se faisant un peu plus menaçant, j'apprécie ton immense culture et j'adore faire la conversation avec toi, mais j'ai pas beaucoup de temps à te consacrer. Les Jamaïcains ont levé une nouvelle fille. Tu comprends, c'est la fille d'un ami...»

Il laisse cette information faire son chemin dans la tête du *pusher*.

«... Presque ma nièce... Tu saisis.»

Batman réfléchit à ce qu'implique la situation.

«Ouais. Ils sont à Montréal, mais je ne sais pas où ils crèchent. S'ils ont levé une fille, ils doivent être en train de la dresser.»

Il fait un geste obscène.

Satan se retient, effort que l'autre a dû sentir, pour ne pas le frapper. Le policier a beaucoup de difficulté à admettre que de tels individus font partie de la grande famille humaine. Au fond de lui, il ne leur concède pas cette parenté et il doit sans cesse lutter pour ne pas céder à la tentation de leur régler leur compte vite fait. Il a beaucoup réfléchi à cette question, seule façon de rester lui-même humain. Il a conclu que son propre père, eût-il pris un jour le pouvoir, aurait sans doute été fort peu différent de ces monstres froids qui, de la Bosnie au Burundi, de l'Amérique à l'Asie, font si peu de cas de la vie des autres, la sacrifiant sans hésitation à la raison d'État, à la soif de pouvoir et à l'appétit de vengeance.

«Dans quel coin de la ville se planquent-ils d'habitude?

— Dans NDG, j'imagine. Tu sais, *man*, les Jamaïcains ne sont pas tellement appréciés, alors ils préfèrent rester entre eux. Tu peux me croire, *man*, si je le savais où ils crèchent, je te le dirais. Rien à faire avec eux, moi.

— Je le sais bien, Batman, que tu es un honnête commerçant, qui paie ses impôts religieusement et qui fréquente la mosquée tous les dimanches, mais faudrait pas me mentir, hein.»

Batman sent que son foie va éclater. Le coup avait été porté sans qu'il s'y attende. Trois doigts d'acier tendus: une arme redoutable. Batman hoquette, comme s'il allait vomir. Le policier attend que la douleur s'atténue et que le *pusher* reprenne son souffle.

«Je le jure sur la tête de ma mère.

— Prénom Julie, blanche, dix-sept ans, cheveux châtain clair, un mètre soixante, plutôt jolie.

— Ça y ressemble. Je ne sais pas son prénom. Elle était avec eux à la fête caraïbe à la fin de juin. Complètement givrée. Je ne l'ai pas revue depuis. Je le jure, *man*, insiste Batman en crachant par terre.

— Je te crois, petit, dit le policier, faussement affectueux, en lui tapotant la joue. Qu'Allah te protège! Et un dénommé Vargas? Peux-tu me trouver ça dans ton sac à souvenirs? Allez, un dernier petit effort pour me faire plaisir.

— Vargas?... Non, je ne vois pas. À moins que...

— Accouche, Batman!

— Ça pourrait être un client des Jamaïcains. Il est boucher. Une boucherie sur Saint-Laurent au sud de Jean-Talon.

— Tu saurais pas laquelle, par hasard? Tu sais, des bouchers, il y en a beaucoup dans ce pays...

— Une épicerie asiatique.

— Tu pourrais être plus précis?

— Vargas est coréen.

— Et ses bobettes? Tu connais la couleur de ses bobettes?

— Non, capitaine, répond Batman, le plus sérieusement du monde.

— Tu sais que tu es mon préféré, Batman? Si tu n'étais pas si profondément dégénéré, tu pourrais même devenir un citoyen acceptable.

*   *

*

202

«Monsieur Vargas?»

L'homme est seul derrière le comptoir des viandes. Du sang macule son tablier blanc et il s'acharne sur une carcasse de porc. D'ailleurs, six têtes de cochon forment un étrange caucus sur une table de boucher. On dirait six politiciens fédéralistes discutant d'un nouveau moyen de remettre le Québec à sa place. Le capitaine Desrosiers déteste l'odeur du sang et il retient sa respiration pour ne pas s'en emplir les narines.

«Je peux vous poser quelques questions?

— C'est pour une recette?»

Le type n'a pas bronché. Stan Desrosiers n'aime pas cet homme.

«Je ne voudrais pas le crier trop fort, mais je suis de la police», dit-il en élevant légèrement la voix.

Le coup de coupe-coupe est peut-être un peu plus sec que nécessaire. La côtelette se détache de la carcasse. Le boucher s'essuie les mains sur son tablier et s'approche, l'air inquiet.

«C'est à quel propos?

— On peut se voir ailleurs?

— Je suis seul ici, je ne peux pas quitter.

— Vargas, c'est pas coréen, ça?

— Mon père était dans l'armée américaine.

— Tiens donc!

— Je ne l'ai pas connu. Ma mère a fait un prénom de son patronyme. Un Américain d'origine cubaine. Elle est morte dans un camp à Hong Kong, un mois après ma naissance.

Le policier n'insiste pas.

«Je cherche deux Jamaïcains qui sont soupçonnés de séquestrer une jeune fille de race blanche répondant au prénom de Julie. La vie de cette jeune femme pourrait être en danger.

— Je ne connais pas de Jamaïcains.

— S'il arrive quelque chose à cette fille et que nous découvrons que vous auriez pu nous aider... Vous connaissez un gentleman du nom de Batman?»

Le boucher manifeste une certaine nervosité.

«Un spécialiste de la poudre, insiste le policier.

— Écoutez, monsieur, je ne tiens pas à avoir des ennuis. J'ai effectivement rencontré deux personnes de race noire et une femme de race blanche dans un bar il y a quelques semaines.

— Et la fille, vous pouvez me la décrire?

— Taille moyenne, la vingtaine...

— Cheveux châtain clair, plutôt jolie et elle n'a que quinze ans...

— Elle en paraît vingt.

— Vous avez...

— Une pipe. Dans ma voiture. C'est pas un crime.

— Vous l'avez revue?

— J'aurai pas de troubles. Promis? Drôlement bien roulée, la petite!...

— Où?»

Le policier n'acceptera plus de faux-fuyants et le boucher s'en rend compte.

«Un appartement dans l'ouest...

— Dans NDG. Quelle rue?

— Forsythe, je crois.

— Adresse?

— Je ne me souviens pas. C'est à côté d'un Dunkin, précise l'Asiate en lui décochant un regard moqueur.

— La baise pas protégée, hein?»

L'homme ne répond pas.

«Êtes-vous *clean*?»

Le boucher hausse les épaules.

«S'il lui arrive quelque chose, je reviendrai. Je reviendrai de toute façon, ajoute le policier, votre viande est vraiment appétissante.

XVIII

Dans son rêve, les oiseaux ne réussissent pas à s'envoler. Ils battent des ailes mais restent cloués au sol, comme si la force d'attraction était trop forte. Et comme ils ne prennent pas leur envol, ils sont des proies faciles pour les deux énormes chats noirs qui s'avancent en souplesse, avec toute l'assurance que confère la certitude de l'infaillibilité.

Françoise est fascinée par le spectacle. Elle voudrait protéger les oisillons, mais en est empêchée par une force invisible. Elle crie mais aucun son ne sort de sa gorge. Les deux félins lui jettent un regard de défi et se dirigent vers leurs proies en ondulant et en faisant des détours pour faire durer le plaisir.

Elle se réveille en sursaut. La chambre est plongée dans la pénombre. Elle connaît un moment de panique. Rien de familier autour d'elle. Françoise est couchée sur un futon posé sur une base en bois. Elle cherche de la main l'interrupteur qui pend normalement à la tête du lit. Rien. Même pas de tête de lit. La pièce est un salon double occupé, côté rue, par une bibliothèque qui sert aussi de bureau. Elle ne discerne pas les masques indigènes qui lui font des grimaces. Une vieille armoire mal décapée semble être le seul meuble de la chambre. Une affiche de l'opéra rock *Les Misérables* est épinglée au mur et les grands yeux tristes de Cosette semblent posés sur elle.

Des voix. Des gens murmurent à côté.

Elle veut se lever mais cela lui coûte un effort. La tête lui tourne comme la première fois qu'elle a fumé du hasch. Il s'appelait Sean, comme James Bond, se rappelle-t-elle. Non, ce n'était pas Sean. Elle fait un effort. Liam, dit-elle à mi-voix, comme si son premier amour était là. Elle tourne la tête et cherche la forme d'un corps de l'autre côté du lit. Elle ne rencontre que la fourrure sirbaine d'un koala synthétique.

Le corps de Liam sentait la tourbe. Elle se demande s'il sécrète encore cette odeur qui était sa «signature olfactive», celle qui lui reste en mémoire longtemps après qu'elle a rompu avec un type. Un jeu un peu macho qu'elle pratique avec ses amies, surtout avec Jo: «J'ai rencontré un concombre frais hier.» C'est à celle qui serait la plus exotique. Ainsi, elle a connu des cerises-au-kirsch, des bananes-à-la-vanille, des croissants-au-beurre et des petits-pains-au-chocolat, des cuirs mouillés, des foins séchés, des acidulés et des sucrés. Elle n'a jamais couché avec une fille, ce qui, selon Jo, la prive des mandarines, des framboises, des mangues, des frangipanes et des cappuccinos.

«Tu sens le soufre, lui a dit l'ancienne groupie de Pol Pot.

— Mais, ça pue!

— Hé!...»

Et elles ont ri, comme elles le font si souvent quand elles se taquinent. Tout dépend des émotions, ont-elles en fait découvert. Les gens sentent ce que sécrètent leurs sentiments. Sa fille ne sent sûrement pas très bon. Et elle non plus.

Elle se lève. On l'a déshabillée. Il lui paraît presque normal d'être là. «En tout cas, se dit-elle, je suis en territoire ami.» Puis elle se souvient qu'elle a été malade et que quelqu'un l'a conduite ici. «Je suis chez Benoît», constate-t-elle, et cela la rassure tout à fait. «Julie!» Elle sent toute l'angoisse du monde refluer de son ventre vers sa gorge. «Julie! Mon Dieu! Depuis combien de temps suis-je ici?» Elle enfile son jean et son chemisier. Ils ont été lavés. Elle se précipite à la cuisine et Benoît lui sourit. Un sourire différent de celui de Luc Genois. Le père de Julie ne souriait pas vraiment, à moins d'appeler sourire ce qui n'était en fait qu'un léger mouvement des lèvres. «Un sourire de clown triste», lui disait-elle pour qu'il accentue ce rictus afin de vraiment en faire une expression de joie. «Je suis un clown triste», avait-il pris l'habitude de dire. Parfois, il se salissait le tour des lèvres avec de la confiture de fraises ou de bleuets. Avec de la crème fraîche, il réussissait à se faire une grande bouche. Il se maquillait avec du Nutella, de la moutarde et du ketchup afin de faire rigoler les enfants. Et ceux-ci voulaient imiter leur père et elle ne voulait pas. Il était le clown triste qui les amusait. Elle était l'empêcheuse de tourner en rond qui les faisait râler. Du moins était-ce le cas pour Julie.

«Tu es trop constipée, disait Luc.

— Ils ne seront pas toujours des enfants et il faut bien que quelqu'un les élève.

— On élève des monuments, pas des enfants.

— Merde, Luc! Pourquoi tu ne m'aides pas un peu? C'est pas juste. Avec toi, c'est le cirque permanent. Avec moi, c'est la corvée.»

Il haussait les épaules et lui délivrait ce rictus agaçant qu'elle a fini par ne plus pouvoir supporter.

«Françoise! On t'a réveillée.

— Je dors depuis combien de temps?

— Quatorze heures.

— Julie? Jacquot?

— Je suis allé chez toi hier, après que tu t'es endormie. Il y avait un grand adolescent avec une fille qu'il m'a présentée comme étant «sa blonde». Je dirais seize ans et la fille, quinze. Dans ces eaux-là. Il m'a demandé si j'étais un de tes amis, je lui ai dit que j'étais le laitier. Ça l'a fait rire.

— Il ne sait même pas que ça a existé. Pour lui, c'est l'époque jurassique.

— Il s'apprêtait à partir. Il s'était préparé un baise-en-ville et m'a dit de te dire qu'il allait passer la fin de semaine au chalet du père de sa blonde. C'est congé jusqu'à mardi, paraît-il.

— Enfin... C'est la fille d'un ami comédien.

— Roméo et Juliette. Il m'a un peu poussé dehors et a mis la clé dans la porte en me disant de repasser plus tard. Deviennent-ils tous comme ça?»

«Il s'inquiète visiblement pour son fils», pense Françoise.

«Non, il est unique.»

Cette repartie lui plaît.

«Oui, il est vraiment unique. Et Julie? Mon Dieu, ça n'a pas de bon sens. Il faut prévenir la police.

— Je m'en suis occupé. Discrètement. J'ai un ami qui enquête sur ses allées et venues. Nous pensons savoir où elle est.

— À Montréal?

— Oui. J'attends une confirmation. Elle serait dans NDG. Des gens l'auraient vue récemment.

— Et les Jamaïcains?

— Elle serait avec eux.»

Il avait failli dire «entre leurs mains».

Françoise se détend un peu. Juste un peu. Vivante! Elle est vivante. Pourquoi a-t-elle pensé...? Ces choses-là n'arrivent que dans les films... Sa fille... Une grosse fugue...

Elle a complètement oublié la femme qui était là. «Il lui manque un bras», constate-t-elle.

«Thalidomide, laisse tomber Clara lapidairement afin de couper court à cette gêne qui s'installe toujours entre elle et les autres au premier contact.

— Excusez-moi. Je...

— J'ai l'habitude et j'ai fini par comprendre qu'il est un peu normal que les gens soient d'abord attirés par ma différence.

— Je...

— D'ailleurs, c'est grâce à ça que nous les attirons, dit la fille avec humour, en pointant Benoît du doigt et en lui adressant un clin d'œil.»

Elle n'est pas particulièrement jolie. Une fille sportive à en juger par sa musculature. Les cheveux courts, de taille moyenne, les yeux qui pétillent de malice. Elle est vêtue d'un pantalon d'exercice bleu et d'un tee-shirt portant l'inscription «Troisièmes Jeux de la francophonie».

«Vous y avez participé? interroge Françoise.

— Oui, aux deuxièmes aussi. Maintenant, je suis entraîneure.

— J'aime mieux entraîneuse, intervient Benoît.

— Niaiseux! rétorque sa sœur. Il faut toujours que tu la places, hein. C'est un macho refoulé, déclare-t-elle en tendant la main à Françoise. Clara, je suis la sœur de cet olibrius. Je m'occupe aussi un peu de sa vie privée à titre de voisine complaisante et aimable.»

Elle se tourne vers Benoît et lance:

«Envoie! dis-le que je suis aimable.

— Elle est très aimable», finit par admettre le travailleur social.

Françoise pense qu'effectivement cette fille est très bien et qu'elle aimerait s'en faire une amie.

«Ne vous en faites pas, ça va s'arranger. C'est pas facile les enfants, hein? J'ai une fille aussi. Sophie qu'elle s'appelle. Elle a douze ans. Je commence à la faire un peu suer, je crois.

— Sommes-nous toutes comme ça? Nos mères pourraient sans doute nous rappeler des moments particulièrement pénibles que nous leur avons fait vivre. Elle est comment, votre fille?

— Mauvais caractère, grand cœur! Elle peut me traiter de tous les noms d'animaux qu'elle connaît et, une demi-heure après, venir se blottir dans mes bras comme si elle était un bébé. Elle a toujours raison, même quand la vie lui rappelle cruellement qu'elle a tort. Elle prétend que je la martyrise et que je suis sans doute la plus mauvaise mère au monde. À l'entendre, ses amies sont toutes tombées sur un meilleur numéro.

— Vous prenez ça comment?

— Comme les AA, une journée à la fois. Et, à bien y penser, les jours de beau temps sont beaucoup plus nombreux que les périodes sombres.

— Et son père?

— Qui?

— Son père?

— Un lanceur de javelot en fauteuil roulant que j'ai rencontré au cours d'une compétition à Marseille. La petite n'a pas d'accent...»

Visiblement, Clara ne voulait plus en entendre parler.

Derrière ce cynisme bon enfant, Françoise perçoit une tendresse infinie et cela lui fait du bien.

«Je prendrais bien un café...

— C'est ma tournée», dit Benoît en se dirigeant vers la cuisine.

Françoise se sent nauséeuse et confuse. L'inquiétude la rend malade et elle s'en ouvre à Clara.

«C'est déjà bien de savoir qu'elle est toujours à Montréal. C'est sa première fugue?

— Je ne l'ai entrevue que deux ou trois fois au cours du dernier mois.»

Elle a failli ajouter: «Vous comprenez, c'est à cause du travail...»

«Nous nous sommes très salement engueulées et je pense que je lui ai fait très mal en parlant plutôt négativement de son père.

— Vous êtes veuve?

— Si l'on veut. Son père a disparu il y a douze ans. On a retrouvé sa veste et d'autres effets personnels dans un parc qui longe le rapide de Lachine. Il est tenu pour mort. On n'a jamais retrouvé son corps. Il était très dépressif et...

— Elle est restée accrochée au souvenir de son père.

— Elle l'adorait. Elle me rend responsable de sa disparition.

— Vous croyez qu'il est mort?

— Oui... Je ne sais pas... Cela n'a pas vraiment d'importance.

— Elle est partie en claquant la porte...

— Et en me traitant de "maudite vache" et autres qualificatifs du même genre.

— Et vous vous êtes dit qu'elle pouvait bien partir, que vous en aviez ras le bol?

— En plein ça! Et puis, j'ai rationalisé, me disant qu'après tout j'avais moi aussi quitté le domicile familial à dix-sept ans pour me mettre en ménage avec un type dont j'étais complètement folle. On rationalise toujours trop.

— Eh!...»

Le téléphone sonne dans le bureau. Clara répond. «Benoît, c'est Satan!» crie-t-elle à l'intention de son frère qui revient avec le café. Elle fait le service tandis que Benoît s'empare du téléphone cellulaire.

Françoise comprend à son air que cela la concerne. La conversation est courte et ponctuée de Hum! Ouais! O.K.! et d'un Où? final qui la remplit d'espoir.

«Il l'a retrouvée.

— Où? fait à son tour Françoise.

— Dans NDG, rue Forsythe.»

XIX

Julie ne sait plus trop où elle en est. Elle a peur. Elle a froid. Elle tremble. Un goût d'acide dans la bouche. Elle s'enveloppe dans une couverture sale et se recroqueville dans un coin. «Je viendrai te chercher quand tu seras grande», lui a dit son père. Il lui a expliqué qu'il devait partir et qu'il ne savait pas trop quand il reviendrait.

«Menteur! dit-elle tout haut. Menteur!» Elle pense à son frère. Elle voudrait être avec lui. Elle voudrait aussi être avec Françoise, comme avant, comme dans son souvenir. Comme quand ils étaient tous là. Le chien court sur la plage. Ils récupèrent du bois d'échouerie blanchi par le soleil, poli par le sel, torturé par la mer. Plus tard, ils feront un grand feu que les bateaux verront de très loin. Ils sont sur une île, comme Robinson. Le chien s'appelle Lundi, Jacques, Mardi, maman, Jeudi et elle, Samedi. Son père s'appelle Dimanche et il se repose.

Ils ont monté une tente bleu et orange et font cuire des filets de morue sur une grille. Elle et Mardi découvrent des trésors, cueillent des petites fraises et creusent des trous si profonds dans le sable humide qu'ils entendent des millions de Chinois qui parlent tous en même temps de l'autre côté de la terre. Avec Dimanche et Mardi, ils enterrent Jeudi en commençant par lui remplir le nombril de sable magique afin qu'elle se réincarne en tortue des Galápagos.

Jacques a failli se noyer et ils ne sont plus revenus à la mer.

Elle tremble de tous ses membres. Elle a froid. Elle a soif. «Ils me tueront», pense-t-elle. Cela lui est égal. Elle se sent déjà morte.

Dimanche possède une vieille lunette d'approche dont il a hérité d'un aïeul vaguement pirate qui a été pendu haut et court par les Anglais. Ils observent le bout du monde du haut des rochers. Elle est la reine des corsaires et porte un bandeau rouge qui cache la vilaine balafre qui lui strie la joue gauche. Elle déteste les Anglais. Ils sont hypocrites, menteurs et assassins.

Elle ne les entend pas entrer.

«On doit partir, ma cocotte», dit Jeremy d'une voix très douce.

Il l'aide à se lever. Il la conduit à la cuisine. Un type s'apprête à se piquer. Il ne fait pas attention à eux. Il mélange l'héroïne avec de la salive, fait réchauffer la mixture dans une cuiller, siphonne le tout dans une seringue. Jeremy lui pose un garrot. Le type s'injecte sa dose de poison, défait le garrot et ferme les yeux pour se concentrer sur la sensation de bien-être qui monte en lui et refoule l'horrible douleur du manque.

Julie se sent fiévreuse. Elle tremble.

«T'en veux, ma cocotte?»

Elle ne répond pas.

«Personne ne te force, tu sais. On est dans un pays libre. Si t'en veux pas, t'en auras pas. Mais si t'en veux...»

Il dépose un petit sachet grand comme un timbre-poste sur la table.

«C'est du bon stock.»

Le type sourit bêtement. Elle ne le connaît pas.

«Tu veux que je te prépare ta dose, bébé?»

Elle a trop mal. Elle fait oui de la tête.

«Nous partons en voyage, ma biche, reprend le Jamaïcain. Il faut que tu prennes un bain. On peut pas dire que tu sens très bon.»

Il l'accompagne à la salle de bains, l'aide à se déshabiller, fait couler un bain et s'assure qu'elle s'y plonge.

«Je te prépare un goûter», dit-il en lui adressant un clin d'œil.

Il laisse la porte de la salle de bains entrouverte et retourne à la cuisine.

La tête en feu, le corps meurtri, elle se laisse couler dans l'eau chaude.

Tout aurait pu être si différent si elle ne l'avait pas laissé partir. Elle ne veut pas y penser. Il ne reviendra jamais. Il est mort. Mort. «Je suis morte aussi», se dit-elle. Elle pense à sa mère. Elle pense à son frère. Elle pense à quelques-unes de ses meilleures amies. Ses souvenirs se bousculent. Sa mémoire est devenue folle. Elle ne parvient pas à fixer sa pensée sur quelque chose ou quelqu'un.

«Nous irons à Toronto, puis à Vancouver, dit le Jamaïcain. J'en tirerai un bon prix. Je ne veux pas m'encombrer de cette pétasse. Un vrai nid à problèmes, cette fille-là. Les Russes sauront bien la mater. Avec eux, tu bosses sans te plaindre ou tu vas nourrir les requins.» L'autre tousse et sourit aux anges.

Le rasoir est toujours à sa place dans la pharmacie. Elle enlève la lame et se glisse dans l'eau. Elle tranche d'abord les veines du poignet gauche, puis celles du poignet droit. Elle procède méthodiquement. Elle s'attend à ce que cela fasse mal, mais il n'en est rien. Deux entailles bien nettes. Elle ouvre le robinet d'eau chaude et s'enfonce dans l'eau.

Sa mère prépare du Kool Aid à la fraise et du macaroni au fromage. Jacques et elle adorent le macaroni au fromage. Elle a un gros rhume et sa mère la mouche délicatement. Elle lui caresse les cheveux en lui murmurant des mots tendres. Elle sent bon le savon à la pomme verte et sa main est douce.

Elle ferme les yeux.

Son père boit du vin et renifle une poudre blanche. Il est avec d'autres types qu'elle n'aime pas. Surtout le gros, celui qui joue de la guitare et chante mal. Le gros type la chatouille et elle n'aime pas cela. Son père rit. Elle n'est pas contente d'être là. Elle préférerait être dans son lit ou regarder *Passe-Partout* avec son frère tandis que sa mère prépare du *popcorn*. Elle fait toujours du *popcorn* quand elle doit partir pour longtemps. «Maman doit partir quelques jours. Isabelle viendra passer la semaine.» Elle déteste le *popcorn*. Elle déteste son odeur et le bruit qu'il fait quand il éclate. Elle déteste sa mère qui est tout le temps partie; «avec ses amants», a-t-elle confié à son frère en lui faisant jurer qu'il ne le répéterait à personne.

Elle se laisse glisser un peu plus dans le bain. Des méduses écarlates naissent au bout de ses doigts. L'eau prend d'abord une teinte rougeâtre, puis, au fur et à mesure qu'elle se vide de son sang, elle devient brunâtre.

Des nuages filent dans sa tête et elle se sent étrangement légère, aussi légère qu'un cerf-volant.

De grands oiseaux blancs planent au-dessus de vagues rouges. Elle essaie d'imaginer le visage de son père, mais son cerveau refuse de le dessiner. Elle reconnaît celui de sa mère et celui de son frère. Puis, elle s'enfonce dans un puits de ténèbres.

XX

Jo ne sait pas combien de temps elle attendra ce type, mais elle ne partira pas avant de l'avoir vu, de lui avoir parlé. Il fait froid, mais elle bout de tant de rage qu'elle ne sent rien. Elle a pleuré comme si on s'en était pris à sa fille. Elle attend depuis bientôt trois heures, buvant café sur café, à s'en rendre malade.

Trois cargos de la Canada Steamship sont à quai. Ils l'appellent au départ. Ils lui suggèrent des images de pays lointains et inaccessibles. Ils la conduisent à Hanoi, à Bali, à Shanghai, à Calcutta, à Aden, dans cette ville des fous en Inde dont lui a parlé un de ses amis, poète devenu éditeur. Elle franchit le cap Horn ou celui de Bonne-Espérance. Elle voit briller les lumières du Caire, accoudée au bastingage d'un de ces navires. Elle laisse dériver ses pensées vers des îles exotiques et des lagons bleus, vers des mers chaudes. Elle se soûle de chromos pastel et de vieilles cartes postales fuchsia, et cela l'aide à supporter sa peine.

Le fantôme de l'allumeur de réverbères fait son œuvre et des taches de lumière glauque annoncent la fin d'une autre journée. Des marins s'activent sur le pont d'un des bateaux. Quelques adeptes du patin à roues alignées s'attardent encore un peu afin de profiter pleinement de cette fin de journée. Quatre cochers palabrent en fumant. Leurs chevaux semblent plus tristes, plus fourbus que d'habitude. On a fait des funérailles équestres à Longtime-No-See. Son corps a été placé sur un chariot et des dizaines de cochers, des palefreniers, des jockeys et quelques clochards l'ont accompagné jusqu'au Cimetière de l'est où il a été inhumé dans une fosse commune. Une demi-page dans *Le Journal de Montréal* sous le titre: «L'homme qui parlait aux chevaux retrouvé mort dans une écurie!» Les Jamaïcains font la une. Jeremy gît dans une mare de sang. Il a été abattu comme il tentait de s'enfuir, «par un policier noir de la Brigade des mœurs», insiste le reporter. L'autre s'est rendu et a été extrêmement loquace, chargeant son complice du meurtre de la fille des psychiatres. Julie étant mineure, on ne mentionne pas son nom, ne faisant allusion qu'à une jeune fille apparemment droguée qui gisait, les veines ouvertes, dans un bain.

Son état demeure précaire. Elle a perdu beaucoup de sang et les Jamaïcains lui ont injecté une forte dose d'héroïne, sans doute pour laisser croire au suicide d'une droguée. Françoise est auprès d'elle. Jo l'a vue à l'urgence de l'hôpital, étrangement calme malgré le drame qui la frappe. Julie est branchée sur un respirateur. «La fille ressemble de plus en plus à la mère», pense Jo qui ne peut tolérer la vue du sang. Elle a pourtant fait un effort pour regarder le mince tube qui relie Julie à la vie. Et il faut que ce sang soit le plus rare et, comme tout ce qui est rare, il est difficile à trouver.

Julie regarde, émerveillée, les lumières de Noël qui s'allument et s'éteignent en alternance. Elle a accroché trois boules et dirigé les opérations pour le reste de la décoration. Jacques est encore trop petit. Il dort dans une caisse de porto en bois récupérée à la Société des alcools et que son père a transformée en petit lit. Françoise et Roger s'affairent aux fourneaux et Gilbert, son nouvel ami, fend du bois dans un appentis qui jouxte le chalet que des amis leur ont prêté pour le temps des Fêtes.

Une semaine de bonheur total à s'empiffrer de ragoût, de dinde, de tourtière, de paella, de pizzas, de tartes et de pains cuits au four à bois. Ils boivent des vins du Portugal et de Cahors et, en fin de soirée, tandis que la poudrerie gifle les arbres et fait ployer la tête des grands résineux, ils dégustent des fines en jouant au Monopoly, aux cartes ou, tout simplement, en regardant crépiter les bûches dans l'âtre noirci par l'usage. Ils écoutent des chansons du temps des Fêtes, de vieux airs français de Lemarque, Mouloudji, Ferré, Trenet et d'autres. Parfois, ils écoutent du jazz: Coltrane, Armstrong, Gillespie. Ils entonnent les chansons grivoises de Colette Renard: ils les connaissent toutes. Ils se grisent de nostalgie pour oublier le monde qui s'écroule autour d'eux; pour oublier la défaite des générations d'après-guerre qui confondent l'avoir avec l'être et qui, faute d'avoir réussi leur révolution, tentent de ne pas rater leur réinsertion dans l'univers qu'elles ont combattu. Ils ont fantasmé sur un monde plus juste et n'ont pas compris que Woodstock n'était finalement qu'un avant-poste de Wall Street. Leurs rêves se sont effondrés parce qu'ils n'ont pas su les entretenir, et toutes les Julie d'Amérique payent et paieront encore pour cet abandon. Cette idée lui donne mal au ventre.

Ils patinent sur le grand lac gelé. Ils se roulent dans la neige folle et font de longues randonnées en raquettes, se *relayant pour tirer la luge où Julie et Jacques, baignant dans l'innocent bonheur de leur enfance, ont été soigneusement emmaillotés dans leurs habits de neige et disparaissent sous une épaisse couche de couvertures.*

Ils écoutent la plainte des loups tard dans la nuit et le craquement sec des branches mordues par le froid.

Le bonheur pour presque rien sous un ciel tantôt lourd de nuages, tantôt bleu comme celui de Provence, tantôt chamarré comme la palette d'un peintre.

Le bonheur pour presque rien...

Il est là. Elle le sait avant même que de l'apercevoir. Il tangue un peu et porte un sac retenu par une courroie à son épaule. Il s'approche lentement en évitant son regard. Il s'assoit un peu plus loin sur le dossier d'un banc. Il pose son sac et en sort une bouteille. Elle se souvient qu'il aimait la vodka russe.

«Julie est en train de mourir à l'hôpital. Elle s'est ouvert les veines en croyant qu'un fantôme s'en échapperait en même temps que son sang. C'est la fille de ma meilleure amie et elle risque d'y laisser sa peau à cause d'un type qui n'a le courage ni de vivre ni de mourir.»

Elle s'est approchée par-derrière, ne voulant pas l'effaroucher. Elle lui a débité sa tirade d'un ton ferme. Elle sait qu'il l'a entendue venir et qu'il doit même sentir son souffle dans son cou. Il sait parfaitement qu'elle est là pour lui. Le clochard ne bronche pas. Il avale une grande lampée d'alcool.

«Le drame de mon amie et de sa fille, c'est qu'elles vivent toutes les deux avec le même fantôme. Elles sont habitées par un souvenir vicieux qui refuse de s'effacer. Un souvenir acide qui leur gruge l'âme.

«Le père de Julie était un salaud immature dont la générosité apparente n'était dans le fond qu'une forme supérieure de l'égoïsme. Il faisait partie de ces tristes individus qui ne tolèrent les autres que dans la mesure où leur existence jette un peu d'éclat sur la leur. Il les parasitait. Il les parasite toujours. Le souvenir de Luc Genois me hante aussi, je crois, un peu. Comme, sans doute, il hante celles et ceux qui l'ont connu.»

Elle n'en est pas certaine, mais il lui semble qu'il a tressailli. Il tourne légèrement la tête. Il fixe un point, une étoile quelque part dans le ciel. Les bras sur le dossier du banc, peut-être l'écoute-t-il, peut-être écoute-t-il une autre voix qu'il est seul à entendre?

«Moi, je pense qu'un souvenir ne doit pas trop s'attarder, poursuit Jo, à moins qu'il ne soit extrêmement bénéfique. Par essence, il doit être évanescent. Un souvenir qui s'attarde trop fait plus de tort que de bien. Il fait dévier la vie, l'empêche de suivre son cours. Tu sais pourquoi? Parce que rien, jamais, n'est comme dans notre souvenir. Notre mémoire nous trompe toujours. Notre mémoire, c'est comme la télé: elle désinforme. Elle ne nous laisse que l'amertume des choses et des êtres. Elle nous en laisse aussi le miel, mais c'est pareil.

«Trouves-tu ça juste, toi, que Julie ne garde en mémoire que le souvenir d'un père de miel? Un type extra avec qui c'est toujours la rigolade. Un mythe. La fille de ma meilleure amie vit avec un mythe ringard qui l'empêche de grandir et qui la rend vulnérable. Un mythe assassin qui l'a conduite où elle est aujourd'hui. Si tu connais un type qui s'appelle Le Génois, dis-lui de ma part que ma meilleure amie ne mérite pas ce qui lui arrive, et sa fille encore moins.»

Le ciel s'effiloche en longues traînées mauves sous les dernières lueurs du jour. Une petite brise fraîche fait frémir l'eau de l'étang et des feuilles ocre roulent sur l'herbe. Des lignes de lumières tracent une fausse voilure aux mâts des cargos de la Canada Steamship. La Poudrière de l'île Sainte-Hélène disparaît derrière le voile de la nuit. Des ombres glissent furtivement dans les allées du petit parc.

«Si tu connais un souvenir qui s'appelle Luc Genois, dis-lui de partir. Dis-lui de s'en aller avant qu'il ait fait plus de mal. Dis-lui aussi qu'on l'a aimé, malgré qu'il ait été chiant. Dis-lui qu'il doit se satisfaire de cela. Ah oui, dis-lui tout cela! Disparais! Ne reviens plus jamais!»

Elle n'a plus rien à lui dire. Elle se lève, le clochard n'a pas bougé. Il regarde toujours la même étoile, là-haut, dans le ciel. Il boit une longue rasade d'alcool et laisse rouler sur ses joues de lourdes larmes brûlantes.

L'Artiste n'a pas de souvenirs, à moins de nommer ainsi ces images floues qui prennent parfois quelque consistance, mais jamais pour très longtemps. Il ne se souvient pas d'avoir été aimé par une femme, si ce n'est ces rares étreintes échangées pour quelques dollars ou pour rien, tout simplement pour le besoin de sentir la chaleur d'un corps. Il ne se souvient pas d'avoir serré un enfant dans ses bras. Il n'aurait jamais osé. Il s'affole même à l'idée d'un contact avec un corps si fragile. Il ne connaît ni le bonheur, ni le malheur, ni aucun de ces sentiments qu'éprouvent les êtres humains. Il ne connaît que les grands froids de l'hiver, la canicule d'août, le mauvais alcool, le vin du Portugal qu'il achète le samedi et qu'il partageait avec celui qui parlait aux chevaux. Il engage parfois de mauvaises querelles avec des types bizarres. Il se souvient de Longtime-No-See. Il interroge son étoile dans le silence de la nuit.

Des images. Que des images fugitives qu'il tente de fixer sur l'asphalte des trottoirs. Il a alors l'impression de se souvenir. Comme si des lambeaux de mémoire s'étaient concentrés au bout de ses doigts. Comme si des résidus de souvenirs s'accrochaient à son corps pour qu'il se sente vivant. Il retrouve de cette manière une espèce de paix. Alors, les gens et les choses lui paraissent moins agressants et il se souvient d'individus qu'il a croisés la veille, ou l'avant-veille, parfois même une semaine plus tôt. La limite de sa mémoire. Comment s'appelle cette femme qui l'observe depuis quelques semaines, qui lui a parlé, cette femme blonde qui l'a accosté? Il se souvient de son odeur et cela lui procure un certain plaisir. Et cette autre qui vient de partir. Pourquoi lui a-t-elle raconté tout cela qu'il ne comprend pas et qui le fait se sentir si mal? Et il y a ce type qui photographie ses dessins et partage parfois une bière avec lui. Drôle de type.

Il ne se sent pas bien. Il vide la bouteille d'une traite et ne se sent pas mieux. Il se lève en titubant et se dirige vers le quai.

XXI

«Elle a perdu beaucoup de sang. On lui en a injecté des litres. Encore quarante-huit heures et nous serons fixés. Des séquelles? Dans la tête, oui, sûrement, fait le médecin en portant l'index à son front. Physiquement aussi. Cette fille a été battue, violée, droguée et presque vidée de son sang. Ça laisse des traces.»

Le médecin de service répond aux questions de Benoît. Il poursuit.

«Bizarre ce qui se passe dans ces jeunes têtes! Avez-vous des enfants? J'en ai trois: treize à dix-huit ans, enchaîne-t-il sans attendre la réponse. Je leur donne tout ce que je peux, mais j'ai souvent l'impression que ce n'est pas assez.

— Pensez-vous qu'elle va s'en tirer?» interroge le travailleur social, ignorant les jérémiades du médecin.

Ce dernier hésite un peu, comme pour signifier à Benoît qu'il n'apprécie pas son manque d'empathie à son égard.

«Elle est solide et le pire est passé. Physiquement, je crois que ça ira et qu'elle pourra sortir d'ici quelques jours, disons une semaine. Elle devra sans doute aller en désintoxication, mais je crois qu'elle aura surtout besoin de personnes qui lui sont proches. Sa mère? fait-il en désignant du pouce la porte de la chambre.

— Oui.

— Plus sexy en personne qu'à la télé», commente le médecin.

Benoît lui adresse un sourire un peu forcé, un rictus si assassin que l'autre bat immédiatement en retraite.

«Bon, eh bien... je dois voir un autre malade. Je reviendrai la voir en soirée. Ne vous inquiétez pas, elle s'en sortira», croit utile de rappeler le médecin en mettant un peu plus de sympathie dans sa voix et en serrant l'avant-bras de Benoît.

Julie repose calmement. Françoise l'observe avec attention, comme si elle la voyait pour la première fois. Le silence. La ligne verte d'un moniteur cardiaque trace sa route électronique avant d'exploser en un point blanc pour renaître aussitôt sur l'écran. Une ligne de vie. Un bras posé sur l'abdomen, Julie dort profondément sous l'effet des puissants sédatifs qu'on lui a administrés. Françoise la trouve étrangement fragile. Elle lui rappelle cette poupée de porcelaine que son grand-père lui avait donnée à Noël un an avant sa mort. Elle lui rappelle aussi ce Pierrot que Luc Genois lui avait acheté dans un magasin d'art.

Il fait très froid dans l'appartement de Luc Genois, rue Mentana près de Rachel. Ils sont allés manger des gambas et des calmars grillés au Latino sur Marie-Anne. Ils ont bu du vin blanc du Chili. Ils ont parlé de voyage et de maison à la campagne. Il veut s'établir dans les Cantons de l'Est. Françoise désire faire le tour du monde. Elle fête son engagement à Radio-Canada et il a vendu une petite sculpture à un avocat. Ils ont l'impression que le monde s'offre à eux, riche de promesses. Elle veut l'entraîner sur le terrain politique, mais il décroche rapidement et l'amène sur celui de l'art.

Ils se connaissent depuis quelques mois, mais c'est la première fois qu'il l'invite à souper en tête-à-tête. D'habitude, ils se rencontrent par hasard, dans une brasserie ou dans l'un ou l'autre des lieux fréquentés par des amis communs. Elle le voit à la Bodega où elle va avec «les culturels». Elle ne le rencontre que très rarement dans les lieux fréquentés par «les politiques» et il n'assiste jamais aux grands-messes marxistes-léninistes auxquelles elle et Jo sont tenues, bien qu'elles soient d'obédiences ennemies.

Mystérieusement, par glissements successifs, ses sens deviennent ultrasensibles. Elle n'entend pas sa voix, mais se laisse envoûter par une douce mélodie. Elle perçoit avec acuité la subtilité de son parfum où se mêlent la térébenthine, la mûre, la terre humide, le foin sec et les arômes terriblement excitants du désir. Il lui semble que ses yeux la caressent jusque dans les replis les plus intimes de son être. Elle a envie de lui plus que n'importe quoi. Une fringale à tout casser. Elle veut le mordre. Elle veut sentir sa main sur son ventre. Elle veut le conduire en elle, le conduire là où personne n'a jamais été. Elle le veut si fort qu'elle en est incommodée.

Les arbres sont couverts d'une épaisse gangue de givre. Un décor à faire chavirer les plus blasés. Parc La Fontaine, d'énormes branches ont cédé sous le poids de cette cuirasse de cristal. Les têtes des arbres ploient dangereusement. Il neige. Une petite neige fine qu'un souffle de vent fait valser autour de l'œil jaune des lampadaires. Seuls quelques piétons fous et des amoureux ont osé s'aventurer dehors par un temps pareil. Les trottoirs et les rues sont de dangereuses

*patinoires et, à la radio, on implore presque le citoyen de
ne pas tenter la fracture.*

Puis, c'est le black-out. *L'ombre de la nuit engloutit la
ville d'un seul coup. Il n'y a plus rien d'autre que le craquement des branches et la plainte des sirènes d'ambulances
dans la nuit. En une fraction de seconde, Montréal disparaît dans un immense trou noir.*

*Ils quittent le restaurant et il la conduit chez lui. Une
grande chambre-atelier où elle devine un bric-à-brac de
matériaux parfois très incongrus, tels ces paniers en plastique de différentes couleurs qu'il fait fondre sur des toiles
pour produire des reliefs qui ressemblent à la surface des
astres morts. Il allume une chandelle. Il a construit une
plate-forme en surplomb sous laquelle il y a une table
pliante, quatre chaises et un petit réfrigérateur. Un large
futon recouvert d'une épaisse couette est posé sur ce som-
mier de fortune.*

*Comme s'il s'adonnait à quelque mystérieux rituel, il l'a
déshabillée sans prononcer une seule parole. Il la regarde
comme si elle était un modèle à peindre. Il la caresse doucement, des yeux et des mains. Elle a froid. Il la serre dans
ses bras, se laisse déshabiller à son tour, la soulève et la
dépose sur son lit de fortune. Ils s'enfouissent sous l'épais
duvet. Ils se mordent, explorent des doigts chaque centimètre de leur corps. Elle se laisse lécher, butiner, grappiller.
Elle sent sa langue s'attarder sur ses seins. Il lui mordille le
lobe des oreilles et les lèvres. Il enfouit sa tête entre ses jambes, comme s'il voulait boire au calice de son corps. Elle le
conduit en elle et épouse son rythme.*

*Au cours de cette nuit froide, ils se réchauffent de la
meilleure manière que les humains connaissent et, quand
ils se réveillent au petit matin, l'eau dans l'évier est gelée et*

Julie germe dans la chaleur de son ventre. Elle sait qu'elle la mènera à la lumière du monde.

Depuis combien de temps est-elle là? Des infirmières sont venues, lui ont adressé la parole. Elle ne se souvient pas de leur avoir répondu. Un médecin l'a rassurée: Julie vivra. Elle s'est endormie dans un fauteuil et une employée l'a recouverte d'un drap de flanelle. Deux petits bouquets de fleurs sont posés sur le rebord de la fenêtre. Quelques marguerites et un loup en peluche. Elle sait que c'est Jo. Les roses ne peuvent venir que de Roger.

Julie respire calmement. Elle n'est plus sous respiration assistée. On ne lui transfuse plus de sang. Françoise s'approche, l'embrasse sur le front, puis sur les lèvres. Elle lui prend la main et sent celle de sa fille tressaillir dans la sienne. Julie entrouvre les yeux. Elle s'approche.

«M'man, t'as recommencé à fumer!»

Plus qu'un doux reproche, une déclaration de paix.

«Mais je vais arrêter pour de bon cette fois-ci, je te le promets.»

Julie hoche la tête, lui sourit faiblement, serre un peu plus sa main et replonge dans le sommeil.

XXII

Benoît déteste cet endroit. Il y vient deux ou trois fois par année, quand on ne parvient pas à retracer la famille de celles et ceux pour qui cette morgue est le dernier refuge. Il reconnaît parfois un visage et s'interroge toujours sur l'utilité de cette identification. En quoi cela est-il vraiment nécessaire? Pourquoi ne pas laisser ces morts inconnus continuer de l'être? Cette comptabilité, cette gestion de la mort le trouble.

Il identifie l'Artiste sans hésitation, mais avec ce vide au cœur qui accompagne le sentiment d'avoir perdu une personne qui nous est chère.

«Un de nos clients», dit le travailleur social sur un ton qui se veut professionnel.

L'assistant du médecin légiste lui jette un regard circonspect. Benoît poursuit:

«Un clochard connu sous le nom de l'Artiste. Nous ne connaissons pas sa véritable identité. À ma connaissance, il ne recevait pas d'aide sociale, malgré que nous l'ayons incité à s'y inscrire. Il vivait ici et là et gagnait ce qu'il lui fallait en réalisant des dessins sur les trottoirs. Il disparaissait avec la première neige et revenait au temps des lilas.

— Il n'a jamais fréquenté un dentiste, observe le fonctionnaire de la morgue. Nous ne pourrons l'identifier par ses empreintes dentaires. Aucun papier sur lui. Il doit avoir entre quarante-cinq et cinquante ans. Aucun tatouage ni signe particulier, si ce n'est une cicatrice plutôt laide au flanc droit. Souvenir de bagarre sans doute.

— Bizarre, ne trouvez-vous pas? Voilà un type qui arrive de nulle part et se promène dans la ville comme un fantôme. Personne ne le connaît si ce n'est quelques clochards dont nous ne tirerons rien.

— Il s'est noyé en tombant du quai dans le Vieux-Port. Il était passablement ivre. Voulez-vous voir ses effets personnels? Peu de chose. Les vêtements qu'il portait, quelques billets, vingt dollars environ.

— Rien d'autre?

— Rien.

— Écoutez, je sais qu'il s'entendait bien avec Longtime-No-See.

— Le type qui parlait aux chevaux?

— Oui. Ils étaient assez copains tous les deux. Si personne ne s'y oppose, ce serait bien qu'ils soient enterrés ensemble au Cimetière de l'est.

— Ça devrait pouvoir se faire, j'imagine.

— Je vais m'en occuper, dit Benoît. Après tout, c'est peut-être moi qui l'ai vu le plus souvent au cours des dernières années.»

C'est Jo qui en avait eu l'idée. Ils n'étaient pas nombreux dans la petite chapelle, mais la quinzaine de personnes qui étaient là ressentaient une vive émotion.

«Pourquoi on ne lui organiserait pas une cérémonie d'adieu, à ce type? avait-elle suggéré.

— Vous le connaissiez même pas, avait fait remarquer Jacques dont on célébrait l'anniversaire.

— C'est pas une raison! Benoît le connaissait, avait dit Jo en se tournant vers le travailleur social. Ta mère et moi le connaissions un peu. Enfin, nous lui avions parlé...»

Elle eut l'impression que Françoise avait tiqué et jugea préférable de laisser glisser ce «nous» compromettant.

Ils avaient finalement opté pour une cérémonie religieuse dans cette petite chapelle où des légions de clochards étaient venus se réchauffer au cours des deux derniers siècles.

Julie avait insisté pour y aller elle aussi et son frère avait suivi, de même que les deux Pierre. Ils étaient une quinzaine à assister à cette liturgie qui ne prenait de sens que dans le besoin des vivants d'en donner un à la mort.

«Nous ne connaissions pas cet homme, nous ne savions rien de sa vie. Mais cela n'a pas vraiment d'importance. Nous sommes ici aujourd'hui parce que nous sommes responsables de lui, même si "nous ne l'avons pas apprivoisé".» Françoise cite à dessein Saint-Exupéry. Une façon de dire à Julie ce qu'elle voulait entendre et elle savait que sa fille l'avait comprise.

Peut-être n'apprivoisons-nous jamais les êtres qui nous sont les plus chers? Peut-être les aimons-nous justement parce qu'ils sont rebelles? Peut-être ne faut-il pas chercher à apprivoiser la vie... ni la mort d'ailleurs?

«Nous n'avons pas connu cet homme, mais nous nous souviendrons de lui. Son souvenir s'ajoutera aux autres pour nous rappeler de temps en temps ce que nous étions dans nos années plus vertes, pour nous rappeler qu'il faut bien vivre avec nos souvenirs puisqu'ils sont souvent la meilleure partie de nous-mêmes.»

Une épitaphe qui en valait une autre.

IMPRESSION
IMPRIMERIE GAGNÉ

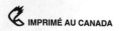 IMPRIMÉ AU CANADA